푸른 용의 나라

용 사냥꾼, 여왕, 그리고 민주주의

푸른 용의 나라

이희준 장편소설

초봄책방

차례

더 나은 민주주의를 위해,
청소년들에게 소중한 꿈이 생기기를!

누구나 한 번쯤은 세상을 더 나은 곳으로 만들기 위한 영웅이 되는 꿈을 꾼 적이 있을 것입니다. 상상 속에서는 초능력을 사용할 수도 있고, 마법을 부릴 수도 있겠지요.

이 책 『푸른 용의 나라』의 주인공 민혁이와 여왕 린이가 사는 세계에서는 마지막 남은 청룡 푸른달이 바로 그 어마어마한 힘을 주는 존재입니다. 이 소설을 통해 우리는 상상 속뿐만 아니라 현실에서도, 특정 누군가가 아닌 우리 모두가 가지고 있는 힘이 무엇인지 깨닫게 될 것입니다. 그 힘이 무엇인지 잊지 않는 것이 얼마나 중요한지도 말이지요.

삶에는 때론 힘들고 어려울 일도 있을 것이고 그래서 편하게 살고 싶은 마음도 들겠지만 그 엄청난 능력에 대해 생각하고, 끈질기게 갈고 닦고, 서로 더 열정적으로 협력해야만 합니다. 그래야만 우리는 행복하고 자유로우며 정의로운 삶을 살 수 있기 때문이지요.

소설 속 모험을 통해 민혁이와 린이가 그러했듯 여러분에게도 귀하고 소중한 꿈이 생기기를, 그래서 우리 함께 더 나은 세상을 만드는 영웅들이 되기를 기원합니다.

이윤영 (인디고서원 실장)

청소년들이여,
푸른 용의 포효를 들어라!

용 사냥꾼인 부모를 잃은 민혁, 여의주를 갖고 싶은 여왕 이린, 그리고 깊은 청룡동굴 속에 살고 있는 청룡 푸른달이 펼치는 판타지적이면서도 인문학적인 소설이다.

군부 쿠데타로 왕위를 빼앗긴 이린과 푸른달이 치열하게 펼치는 '왕정'이냐 '민주정'이냐를 둘러싼 논쟁은 판타지라기에는 현실적이고, 현실이라기에는 판타지적이다. 이들의 이야기를 따라가다 보면 우리가 사는 이 세상이 불완전하지만, 민주주의를 지켜나가는 일에 희망을 거는 이희준 작가의 마음을 읽게 된다.

나는 이 나라의 주인인 청소년들이 이 소설을 읽고 민주주의를 주제로 서로가 뜨겁게 토론하는 아름다운 광경을 보고 싶다. 이는 청룡의 해에 태어난 나의 간절한 소망이기도 하다.

김경윤(작가, 인문학놀이터 참새방앗간 대표)

철학의 재미와 깊이를 함께 배울 수 있는
최고의 청소년 소설!

이 소설 『푸른 용의 나라』는 기발하고 참신하다.

왕정이 이어지고 있는 세상에서 마지막 남은 용 푸른달의 여의주를 놓고 벌어지는 여왕과 국민, 그리고 군부가 대립하는 흥미진진한 판타지 소설이지만 현재 우리가 사는 이 세계와 다르지 않은 일상에서 이야기가 펼쳐지기에 현실감과 몰입도가 높다.

게다가 이 소설은 '가족의 가치' '좋은 삶의 의미' '올곧은 진로 선택' '정당한 권위와 민주주의의 가치' 등 철학적인 주제를 이 책의 독자인 청소년들에게 어렵지 않게 던지며 읽는 이로 하여금 자신만의 대답을 내놓을 수 있는 깊은 사고를 끌어낸다.

한편의 잘 짜인 긴 스토리텔링으로 독서 지구력을 높이는 소설인 동시에 생각의 폭과 깊이를 틔워주는 '철학 교과서'로서도 손색이 없다.

안광복 (중동고등학교 철학 교사, 작가)

여름 방학

"용의 여의주를 찾아오면 포상" 여왕 폐하 대국민 발표

"금방 갔다 올게."

엄마가 말했다.

"너도 같이 가면 좋을 텐데……"

엄마와 아빠는 아쉬운 얼굴로 민혁을 한 번씩 안아줬다.

민혁은 부모님에게 가지 말라고 말하고 싶었다. 지금 헤어지면 다시는 볼 수 없다는 걸 알고 있었기 때문이다. 하지만 목소리가 목에서 걸린 것처럼 아무 말도 나오지 않았다.

"집 잘 보고 있어, 알았지?"

부모님이 손을 흔들며 멀어졌다. 두 사람의 뒤로 모래바람이 불었다. 모래는 곧 그들의 뒷모습을 삼켰다. 민혁은 사라져가는 엄마 아빠를 향해 손을 뻗었다.

'가면 안 되는데……'

민혁의 가슴속이 울렁였다. 그는 현기증이 났다. 땅이 흔들리는 것 같았다. 민혁은 멀미가 날 것 같아 몸을 웅크렸다.

하지만 그것은 착각이 아니었다. 진짜로 땅이 흔들리고 있었다. 온 세상이 흔들렸다. 민혁은 겁에 질려 뒷걸음질 쳤다. 어느새 하늘이 까맣게 변했고, 바람은 폭풍이 되어 휘몰아치고 있었다.

이윽고 하늘에서 벼락이 치더니 천지를 뒤흔드는 포효가 울렸다. 그리고 마침내 민혁의 머리 위로 '그것'이 나타났다. 하늘을 다 휘감을 정도로 길고 거대한 그것.

한동안 하늘을 헤엄치고 다니던 짐승의 머리가 땅으로 내려와 민혁에게 다가왔다. 지름이 민혁의 키보다 큰 거대한 눈이 깜박였다.

민혁이 그 커다란 눈에 비친 자기 모습을 본 순간, 누군가가 민혁의 어깨를 세차게 흔들었다.

민혁은 소스라치며 잠에서 깨어났다.

"김민혁, 수업 시간에 졸지 말라고 했지?"

민혁이 충혈된 눈으로 고개를 들었다. 눈앞에 선생님이 서 있었다.

"내일부터 실컷 잘 텐데 벌써 자나?"

선생님의 말에 주변에서 아이들이 킥킥거렸다. 민혁은 죄송하다고 중얼거리며 눈을 비볐다. 선생님은 혀를 차며 교탁으로 돌아갔다. 5교시 수학 시간이었다. 점심시간에 신나게 농구를 했더니 피곤해서 깜박 잠이 들었던 것이다.

민혁은 의자에 앉은 채로 몸을 쭉 펴며 한숨을 쉬었다. 또 부모님과 용이 나오는 꿈을 꾸고 말았다. 민혁은 쓴웃음을 지었다.

5교시에 이어 6교시도 어떻게 지나갔는지 모르게 후딱 흘러갔다. 마침 내일부터 여름 방학이 시작되기에 종례 시간에 담임 선생님은 방학 때 지켜야 할 주의 사항을 늘어놓았다. 선생님은 아이들에게 방학이라고 놀기만 하지 말라는 잔소리와 주의를 준 뒤 종례를 마쳤다. 인사가 끝나자마자 민혁은 미리 싸둔 책가방을 챙겨 일어나 교실 밖으로 나가려 했다.

"김민혁, 넌 기다려. 나 좀 보고 가."

민혁이 뒤를 돌아봤다. 선생님이 그를 향해 손짓하고 있었다.

"뭐냐?"

친구 철진이 민혁의 등을 툭 쳤다.

"나도 몰라. 나만 남으라고 하네."

"어떻게 해, 기다려?"

"그냥 먼저 가."

철진은 어깨를 으쓱한 뒤 뒤에서 기다리던 친구들과 함께 교실을 나갔다. 수업이 끝나고 함께 PC방에 가기로 했던 친구들이었다.

선생님은 민혁을 데리고 교무실로 갔다. 막 수업이 끝난 후라 교무실에는 사람이 별로 없었다. 선생님은 민혁을 교무실 한쪽에 있는 탁자에 앉으라고 한 뒤 그의 앞에 마주 앉았다.

"내가 왜 남으라고 했는지 궁금하지?"

"네."

통통한 중년의 아줌마인 담임 선생님은 팔짱을 낀 채 민혁을 응시했다.

"오늘은 수업 끝나고 어디 가려고 했냐?"

"PC방이요."

선생님은 한심하다는 표정을 지으며 옆에 있던 가방에서 종이를 한 장 꺼내 탁자에 올려놓았다. 민혁은 그 종이를 내려다보았다. 지난번에 작성해서 제출한 진로 설문지였다. 선생님이 종이를 톡톡 치며 물었다.

"네 장래 희망이 '돈 많은 백수'냐?"

민혁이 고개를 들고 선생님을 쳐다봤다. 그는 선생님이 무슨 의도로 이런 질문을 하는 것인지 궁금해졌다.

"이런 걸 쓸 때는 진지하게 써야지. 장난하냐?"

"장난친 것 아닌데요."

"아이고, 그러십니까? 그래, 돈 많은 백수 좋지. 나도 그렇게 되고 싶어. 근데 너는 그러면 안 되지. 네 나이에 그런 맥 빠진 생각으로 살면 어떡하냐."

'이런 시답잖은 소리나 하려고 나를 부른 거였군.'

민혁은 고개를 주억거렸다.

"내가 시답잖은 소리나 하는 것 같냐?"

"아니요."

선생님은 종이를 들고 민혁이 쓴 내용을 읽어 내려갔다.

"가고 싶은 대학도 '없음', 가고 싶은 학과도 '없음'이네. 가고 싶은 대학이 없다는 게 말이 되냐?"

"진짜 없어요. 저는 솔직히 말하면, 대학을 왜 가야 하는지도 모르겠어요."

선생님은 잠시 물끄러미 민혁을 쳐다보다 입을 열었다.

"민혁아, 너 이제 고2야. 미친 듯이 열심히 공부해도 부족한 때라고."

선생님은 민혁의 무표정한 얼굴을 보며 다시 한숨을 쉬었다.

"학교생활이 재미없니?"

그는 어깨를 으쓱했다.

"그냥 그래요."

선생님은 다시 한동안 민혁을 응시하다 말했다.

"너희 부모님 이야기는 나도 알고 있어."

그 말에 민혁은 한쪽 눈을 살짝 치켜떴다.

"네가 많이 힘들 거라는 걸 알아서 선생님도 심하게 말하고 싶지는 않아. 근데 안타까워서 그래. 넌 전형적으로 머리는 좋은데 공부를 안 하는 아이야. 그러니까 얼마나 아쉽냐."

"저 머리 안 좋아요."

"내가 보면 알지."

선생님의 뻐딱한 표정에 동정심이 번져갔다.

"지금 혼자 살고 있지?"

"네."

"3년째?"

"4년째요."

민혁은 분위기가 불편해져 고개를 살짝 두리번거렸다. 교무실 벽에는 국기와 함께 여왕의 초상화가 나란히 걸려 있었다. 가볍게 미소 짓고 있는 여왕과 눈이 마주친 민혁이 다시 선생님에게로 얼굴을 돌렸다. 선생님은 여전히 그를 바라보고 있었다.

"민혁아, 네가 어린 나이에 고생하는 걸 보면 선생님도 마음이 많이 아프다. 내가 너였어도 공부가 잘 안됐을 거야. 하지만 이런 때일수록 마음을 다잡아야지. 그게 부모님이 원하는 일이기도 할 거야."

그렇게 말한 뒤 선생님은 민혁의 얼굴을 살폈다. 본인의 말이 학생에게 제대로 닿았는지 알고 싶어 하는 조심스러운 표정이었다.

"넌 좋아하는 게 뭐야?"

"농구하는 거요."

"그런 거 말고."

"게임하는 거요."

"그런 거 말고, 나중에 하고 싶은 일이 있냐는 거지."

"음…… 저도 모르겠어요."

탁자 위로 침묵이 맴돌았다. 민혁은 이 대화가 언제 끝날까 싶었다.

"선생님이 도와줄 건 없니?"

그는 어깨를 으쓱했다.

"저도 모르겠어요."

선생님의 시선이 민혁과 탁자 위의 종이를 몇 차례 오갔다. 그녀는 조용히 한숨을 내쉬었다.

"그래, 알겠다. 선생님 도움이 필요한 상황이나 일이 있으면 언제든지 말해."

"고맙습니다."

"그만 가봐. 방학 잘 보내고."

민혁은 의자에서 일어나 교무실을 터벅터벅 걸어 나갔다.

먼저 PC방에 간 친구들과 합류해 두 시간쯤 게임을 한 뒤 민혁은 집으로 향했다. 학교에서 걸어서 20분 거리에 있는 낡은 아파트가 그가 사는 곳이었다. 열쇠를 넣어 돌리고 현관문을 열며 민혁은 중얼거렸다.

"다녀왔습니다."

텅 빈 집에는 아무도 없었다. 민혁은 책가방을 내려놓고 낡은 소파 위에 드러누운 뒤 아까 교무실에서 선생님과 나눈 대화를 떠올렸다.

"내가 좋아하는 거……."

그는 중얼거리며 시선을 옮겼다. 벽에는 용을 그린 그림 몇 점이 걸려 있었고, 작은 용 조각상들이 탁자 위에 놓여 있었다. 모두 부모님이 모은 것이었다.

민혁은 자신이 좋아하는 게 무엇인지 몰랐지만, 그의 부모님은 용을 광적으로 좋아했다. 단순히 좋아하는 정도가 아니었다. 부모님은 용 연구의 권위자이자, 아마도 지구상에 마지막으로 남은 용 사냥꾼이었다.

'용은 구경도 못 한 용 사냥꾼.'

민혁은 소파 옆에 있는 책상 위로 고개를 돌렸다. 책상 가장자리에는 어린 시절의 민혁이 부모님과 같이 찍은 사진이 작은 액자에 담겨 있었다. 민혁이 초등학생 때였다. 사진 속 민혁과 부모님은 평범하고 행복해 보였다.

'하긴, 사진을 찍을 때는 다들 그렇게 보이지.'

민혁은 생각했다. 하지만 그때는 정말로 남들처럼 평범하고 그럭저럭 행복했던 것 같다. 잘 기억나지는 않지만. 민혁이 천장을 보며 발을 까딱거렸다.

'지금부터 방학인데, 이제 뭘 할까? 그래, 일단 알바나 하나 더 구해 봐야겠다.'

그런 생각을 하며 시간을 죽이던 그는 주머니에서 스마트폰을 꺼내 몇 시인지 확인했다. 슬슬 아르바이트하러 갈 시간이었다. 민혁은 소파에서 일어나 편한 사복으로 갈아입고 집을 나섰다.

민혁이 일하는 곳은 집에서 몇 정거장 떨어진 자리에 있는 샌드위치 가게였다. 그는 손님들에게 샌드위치를 만들어 주며 돈을 벌었고, 그곳에서 자신이 만든 샌드위치로 저녁도 해결했다.

그가 가게에 들어가자 점장이 손을 흔들었다.

"민혁이 왔니."

"안녕하세요."

그는 또 다른 아르바이트생인 동갑내기 여자애 세은과도 인사를 주고받은 뒤 앞치마를 입고 손님의 주문을 받아 샌드위치를 만들기 시작했다.

가게에서 일하는 사람은 점장을 포함해 이 세 명이 전부였다. 작은 가게였지만 하는 일에 비해 월급이 괜찮아서 민혁이 꾸준히 하고 있는 아르바이트였다.

수다쟁이인 세은은 일하면서도 쉬지 않고 재잘거렸다. 민혁은 세은이 옆에서 하는 말 대부분을 한 귀로 듣고 한 귀로 흘렸지만, 한편으로는 나름대로 재미도 있었다. 그래서 그는 샌드위치를 만들며 세은의 말 중간중간에 적절한 추임새를 넣거나 맞장구를 치며 그녀의 수다를 들어줬다.

그날따라 손님이 평소보다 적었기에 세은의 수다 역시 끝없이 이어졌다. 점장은 벽에 걸린 TV를 보며 리모컨으로 이리저리 채널을 돌리고 있었다.

"이제 방학이잖아, 민혁이 넌 뭘 할 거야?"

세은이 물었다.

"글쎄, 딱히 계획은 없는데."

"진짜? 대부분은 방학에 하고 싶은 일 리스트 같은 거 만들지 않니?"

민혁이 미소를 지으며 고개를 저었다.

"난 그런 거 안 만들어."

"세상에! 난 매번 방학마다 만드는데."

"어떤 식으로?"

"초등학생 때 만들던 방학 일과표랑 똑같아."

"그걸 아직도 한다고?"

세은이 웃으며 열심히 고개를 끄덕였다.

"계획을 세우는 것도 나름대로 재밌거든. 넌 진짜 이번 방학에 아무 계획 없어? 어디 여행을 간다던가, 뭐 그런 거."

"없어."

채널을 돌리던 점장이 뉴스에서 채널을 멈췄다. 민혁은 오늘의 첫 번째 뉴스는 뭘까 생각하며 TV를 향해 눈길을 던졌다. 요즘 가장 큰 이슈는 단연 '민주화'였다. 마침 오늘도 서울의 한 광장에서 민주화를 요구하는 시위가 열렸다고 했다.

그리고 시위에 대한 왕궁의 반응 역시 변함없었다. 여왕은 민주화에 대한 요구가 자꾸 나오는 이유는 자신이 부덕한 탓이라며 국민을 위해 더 열심히 일하겠다는 기존의 입장을 되풀이했다.

민혁은 정치에 별 관심이 없었지만, 그가 보기에 여왕이 여러 번 반복한 그 말은 어느 정도 여왕의 진심인 듯했다. 지금까지 민주화 시위가 열릴 때마다 경찰이 집회에 대한 최소한의 통제만을 했기 때문이다.

"있잖아, 너 영화 보는 거 좋아해?"

옆에서 세은이 조심스럽게 물었다.

"내가 내일 친구랑 같이 보려고 영화를 예매했거든. 근데 오늘 친구가 갑자기 시간이 안 된다며 영화를 못 보겠다는 거야. 근데 표를 취소하기도 그렇고 해서, 같이 볼 사람이 없어서 그러는데 내일 시간 있으면 나랑 같이 영화나 볼래? 〈여름날 우리〉라는 영화인데 되게 재미있대."

"미안, 나 영화 별로 안 좋아해."

그러자 세은은 애써 실망감을 감추면서 말했다.

"아, 그래? 아쉽다. 그럼 다음에……."

세은이 뭐라고 말했지만, 민혁은 귀에 들어오지 않았다. 뉴스 화면에 온통 주의를 빼앗겼기 때문이다. 아나운서가 말하고 있었다.

"방금 들어온 소식입니다. 여왕 폐하께서 전 국민에게 중대한 발표를 하셨습니다. 폐하께서는 용의 여의주를 찾아오는 사람에게 여왕 폐하가 가진 보물의 절반을 상으로 내리겠다고 발표하셨습니다."

"용의 여의주?"

TV를 보던 점장이 말했다.

"뭔 소리야, 요즘 세상에 용이 어디 있어."

"무슨 일이에요?"

세은이 물었다. 아나운서는 짧지만 명료한 말을 세 번 정도 반복하고 있었다. 아나운서의 말에 한동안 귀를 기울이던 그들은 서로의 얼굴을 쳐다봤다.

"여왕이 여의주를 찾는다고?"

세은이 말했다.

"근데 아직도 용이 있어요?"

"그러게나 말이야. 용이란 존재들은 까마득한 옛날에 다 멸종하지 않았냐?"

점장이 말했다.

"그렇게 알려져 있죠."

민혁이 중얼거렸다. 잠시 가만히 있던 세은이 흥분한 표정으로 물었다.

"용의 여의주라니, 여왕은 그걸 대체 왜 찾는 걸까요?"

점장이 대답했다.

"그냥 귀한 보물이라서 찾는 거 아닐까?"

"근데 여왕은 이미 온갖 진귀한 보물을 다 갖고 있잖아요."

"그래도 더 갖고 싶은 게 있나 보지. 원래 사람의 욕심은 끝이 없잖아."

"근데 그러면 자기 부하들에게 구해 오라고 시키면 되잖아요."

"그러게 말이다. 아마 용이 이제는 찾을 수 없는 동물이니까 저렇게 국민 전체에게 수배하는 건가?"

"그걸로 뭘 하려는 걸까요?"

"아마 방 안에 넣고 감상하겠지. 그것도 보석이잖아."

"여왕은 영원히 살고 싶어서 저러는 거예요."

민혁이 말했다.

"용의 여의주를 가진 인간은 불로장생할 수 있거든요."

점장과 세은이 민혁을 쳐다봤다. 점장이 물었다.

"넌 그걸 어떻게 알아?"

"와, 넌 용에 대해 정말 잘 아는구나."

세은이 감탄하자 민혁은 재빨리 덧붙였다.

"내가 아니고 부모님이 용에 관심이 좀 있었거든."

"있었다고? 그럼, 지금은 관심사가 바뀌셨니?"

"아, 그게…… 그런 셈이지."

민혁은 TV에서 고개를 돌렸다. 세은과 점장은 계속해서 수다를 늘어놓았다.

"근데 여의주를 가져온 사람에게는 여왕이 가진 보물의 절반을 준다면서요?"

"그러게. 엄청나지 않냐? 우리나라 여왕이 전 세계 최고 부자 잖아."

그러면서 점장은 웃음을 지었다.

"그건 그렇고, 여왕도 참 특이하다. 불로장생 같은 걸 믿다니."

점장과 세은이 대화하는 사이 손님 한 명이 들어왔다. 민혁은 손님의 주문을 받고 재빨리 샌드위치를 만들기 시작했다. 그는 용에 관한 생각을 더 이상 하고 싶지 않았다.

계
약

민혁은 다음 날 아침 늦은 시간에 잠에서 깨어났다. 그는 어제 아르바이트가 끝나고 집에 와 밤새 스마트폰을 보다가 새벽에야 잠이 들었던 것이다.

민혁은 눈을 비비며 자리에서 일어났다. 여름 방학 첫날이었다. 그는 이불 위에 잠시 앉아 있다가 도로 누워버렸다. 옆에 놓아둔 스마트폰에서 충전기를 뽑아 시간을 확인하니 아침 10시였다.

'늦잠을 자도 되니 방학이 좋긴 하네.'

그는 누운 채로 인스타그램에 접속했다. 친구 중에는 벌써 놀러 가서 찍은 사진을 올린 애들도 있었다. 방학 첫날부터 휴가를 떠난 아이들이었다. 민혁은 그들의 부지런함에 웃음이 나왔다.

엄지손가락으로 화면을 위로 올릴 때마다 친구들이 업로드한 것들이나 재미있는 사진과 영상이 나왔다. 그는 멍하니 인스타그램을 보며 가끔 웃기는 게 나오면 킥킥거리기도 하고, 예쁜 여자 사진이 나오면 한동안 자세히 보기도 하면서 계속 엄지손가락을 위로 올렸다.

누워서 스마트폰을 계속하다 보니 어느새 30분이 훌쩍 지나 갔다. 더 잘까 했지만 잠이 완전히 깨서 그만 일어나기로 했다. 민혁은 스마트폰을 내려놓고 자리에서 일어나 부엌으로 갔다.

부모님이 실종된 후로 그는 혼자 아침을 차려 먹는 일에 익숙해졌다. 대신 언제부터인가 밥 대신 샐러드와 시리얼로 대신하게 되었다. 원래는 시리얼만 먹었지만, 아침을 시리얼로만 때우는 게 몸에 나쁘다는 정보를 유튜브에서 본 이후로는 마트에서 값싼 채소를 사 대충 샐러드를 만들어 먹었다. 이 식단의 장점은 매우 간편하다는 것이었다.

아침을 천천히 먹으면서 그는 오늘은 뭘 할지 생각했다. 아침부터 PC방에 가볼까? 그것도 나쁘지 않다. 아니면 친구를 불러 농구를 해도 좋고. 근데 누구를 부르지? 중학생 때도 그랬지만 고등학생이 되자 주변 친구들은 점점 바빠졌다.

민혁과 친한 친구 대부분은 학교가 끝난 직후 학원에 가야 했고, 학원으로 꽉 찬 스케줄은 방학에도 여전했다. 오히려 방학에 학원을 더 많이 다녀야 했다. 그래서 학원을 전혀 다니지 않는 민혁은 가끔 외롭다는 생각이 들기도 했다.

"나도 학원이나 다녀볼까."

그렇게 중얼거리자 웃음이 나왔다. 다른 애들은 다들 가기 싫어하는 학원을 심심해서 가볼까 생각하는 사람은 자신뿐일 것이다. 부모님이 없으면 좋은 점 중의 하나였다. 하지만 그는 다른 아이들은 정신없이 살아가는데 자신만 혼자 남겨진 것 같다는 생각이 가끔 들기도 했다.

그는 아르바이트하러 가기 전까지 오늘은 뭘 하고 놀 것인지 영감을 얻기 위해 다시 스마트폰을 집었다. 왼손으로는 샐러드를 찍어 먹으며 오른손에 든 스마트폰으로 인터넷에 접속했다.

뉴스를 클릭하자 어제 여왕의 발표에 관해 다룬 기사가 쏟아져 나왔다. 용이 진짜 있는지부터 해서 용의 여의주를 여왕이 왜 찾는 것인지, 용이 만약 실존한다면 인간이 용을 제압하는 것이 가능하기나 한 지를 사람들이 논하고 있었다. 대부분 어떤 분야의 교수나 전문가 등이 등판하여 용에 대해 자신이 알고 있는 사실을 늘어놓는 식이었다.

그중에는 민혁이 이미 알고 있는 사실이 대부분이었고, 민혁이 보기에 잘못된 사실도 일부 있었다. 물론 그럴 수밖에 없는 게 용 전문가는 전 세계적으로 매우 희귀했다. 먼 옛날 멸종했다고 알려진 용에 관해 연구하는 것 자체가 쉽지 않았기 때문이다. 뉴스에 나온 사람 중에도 '용 전문가'라는 타이틀을 달고 있는 사람은 없었다. 민혁은 자신이 뉴스에 나가 인터뷰해도 되겠다고 생각했다.

뉴스 댓글창을 열자 사람들이 이러쿵저러쿵 떠들고 있었다. 그중에는 여왕은 세상 모든 걸 다 가졌으면서 이제는 불로장생까지 원한다는 조롱과 비난이 상당수였다.

민혁은 그런 댓글들을 읽다 스마트폰을 끄고 식탁에 내려놓았다. 용에 대해 떠드는 말들을 읽고 나니 입맛이 좀 떨어진 기분이었다. 아마 부모님이 옆에 있었다면 지금의 상황에 굉장히 흥분했을 것이다. 부모님을 생각하니 입맛이 더 떨어졌다. 그래도 음식을 버리기는 아까워 그는 남은 샐러드와 시리얼을 다 먹고 그릇을 싱크대에 집어넣었다.

이를 닦고 세수하고 옷을 갈아입은 뒤 민혁은 밖으로 나왔다. 일단은 산책부터 할 생각이었다. 날씨는 더없이 화창했다. 그는 집 앞 편의점에서 초코바를 하나 사서 입에 문 채 집 근처를 어슬렁거리며 걸어 다녔다.

날씨가 조금씩 더워지고 있던 터라 그는 이번 여름 방학은 수영이나 다녀볼까 하고 생각했다. 아르바이트하며 버는 돈과 매달 나오는 정부 보조금으로 생활하는 게 살짝 빠듯하긴 해도 그럭저럭 견딜 만했다. 적당히 아껴 쓰면 구민회관 같은 곳의 한 달 수영장 이용료 정도는 낼 수 있을 것 같았다.

그는 동네 PC방에 가서 게임을 세 시간 정도 하다가 배가 고파지자 다시 집으로 돌아왔다.

'아, 시간 진짜 안 가네.'

그는 집으로 걸어가며 생각했다.

'벌써 이러는데 한 달을 어떻게 보내냐.'

아무래도 아르바이트를 하나 더 구해야 할 것 같았다.

'무슨 알바를 하지? 평일 오전 알바로 구해야겠군.'

민혁은 그런 생각을 하며 아파트 엘리베이터에서 내린 뒤 현관문을 향해 걸어가다 멈칫했다. 누군가가 그의 집 앞에 서서 그를 응시하고 있었던 것이다.

베이지색 티셔츠에 반바지를 입은 단발머리 여자였다. 여자는 무표정하게 민혁을 노려보고 있었다. 민혁은 여자의 서늘한 눈빛에 자기도 모르게 긴장이 되었다.

민혁은 머뭇거리며 현관문 쪽으로 걸어갔다. 그는 여자가 비켜주기를 바랐지만 문 앞에 서 있는 여자는 비켜줄 생각이 없어 보였다.

"김민혁."

여자가 입을 열자 낮고 차가운 목소리가 흘러나왔다. 그 목소리에 민혁은 움찔했다.

"네?"

가까이에서 본 여자는 정말 기묘한 분위기를 풍기고 있었다. 언뜻 보기에는 민혁과 또래인 10대 여자애로 보였지만, 다시 뜯어보니 40대라고 해도 믿을 것 같았다. 도무지 나이를 종잡을 수 없는 외모였다.

게다가 여자에게는 어딘가 사람 같지 않은 부자연스러운 느낌이 있었다. 마치 사람처럼 생긴 밀랍 인형 같아 민혁은 약간 겁이 났다. 그는 조심스럽게 물었다.

"무슨…… 일이시죠?"

"네 부모가 나에게 빚을 졌다."

"네?"

"슬슬 빚을 갚을 때가 되었어. 준비는 되었나?"

"어…… 죄송하지만 무슨 말씀인지 잘 모르겠는데요."

"4년 전에 네 부모가 나와 계약을 했다."

여자는 눈을 깜박이지 않으며 말했다.

"용을 잠들게 하는 방법을 알려주는 대가로 금 백 근을 주겠다고 했는데, 너도 알고 있겠지?"

그 말에 민혁의 눈이 커졌다.

"아……."

"역시 알고 있었군. 네 부모는 지금 어디 있지?"

"그게…… 저도 몰라요."

"모른다고?"

"용을 찾으러 다랑산에 갔다가 실종됐어요."

"실종?"

"네. 그게 벌써 4년 전 일이에요."

여자는 입을 다물고 생각에 잠긴 듯했다. 민혁은 여자에게 조심스럽게 물었다.

"선생님이 우리 부모님이 계약했다는 그 마녀인가요?"

여자가 고개를 끄덕였다.

"그래. 나는 네 부모에게 용을 잠들게 하는 방법을 알려주고 그 대가로 황금 백 근을 받기로 했지. 약속 기한이 4년이었어. 앞으로 정확히 한 달 후면 기한이 지나기 때문에 찾아온 거다. 금은 다 마련했나?"

민혁의 입이 벌어졌다.

"금이라고요?"

"그래. 백 근이야."

"전 금 같은 거 없는데요. 한 푼도 없어요."

그러자 마녀의 표정이 일그러졌다. 민혁은 허둥지둥 말을 이었다.

"아니, 전 우리 부모님이 그런 계약을 했는지 몰랐어요. 그러니까, 마녀와 계약했다는 건 알았지만 그 대가로 뭘 주기로 했는지는 몰랐어요. 금 백 근이라고요? 전 금 같은 거 전혀 없는데……."

"네 부모가 약속을 지키지 못하면 어떻게 되는지 아나?"

"어떻게 되는데요?"

"4년 안에 금 백 근을 주지 않는다면, 난 네 부모를 산 채로 박제로 만들겠다고 했다. 그리고 네 부모는 그 제안을 받아들였지."

"세상에……."

"그런데 4년 전에 네 부모의 생체 신호가 끊겼어. 아마 용에게 죽었거나 다랑산의 맹수에게 잡아먹혔겠지."

그 말에 민혁의 눈빛이 흔들렸다.

"그러니 네 부모의 빚을 네가 대신 갚아야겠다. 한 달 안에 금 백 근을 내놔."

"어떻게요?"

"그건 네가 생각해야지. 약속을 지키지 못하면 너를 산 채로 박제로 만들겠다."

그러더니 마녀는 갑자기 한 손으로 민혁의 팔을 붙잡았다. 순간 팔에 불이 붙은 것 같은 고통이 엄습했다. 민혁은 비명을 질렀다.

"네 몸 안에 마법을 심었다."

마녀가 팔을 놓자 민혁은 바닥에 주저앉았다. 팔이 화끈거려서 견딜 수가 없었다.

"넌 절대로 도망칠 수 없어. 경찰에 신고해도 좋아. 어차피 그들도 이 마법을 풀 수는 없으니까. 한 달이 지나면 넌 내 소유가 된다. 그러니 금 백 근을 준비해."

마녀는 민혁을 내려다보며 말했다.

"명심해. 한 달이다."

시간이 지나자 팔의 고통이 차츰 멎었다. 불이 꺼지듯 서서히 고통이 사그라들었다. 민혁이 고개를 들었을 때 마녀는 이미 사라진 뒤였다.

민혁의 가문은 대대로 용 전문가이자 용 사냥꾼이었다. 정확히 말하면 민혁의 부모님까지가 그랬다. 민혁은 용을 본 적도 없었고 용에 관심도 없었다.

용을 본 적이 없는 건 민혁의 부모님도 마찬가지였다. 용은 까마득한 옛날에 멸종했기 때문이다. 그러나 부모님은 세상 어딘가에 아직도 살아 있는 용이 있으리라 믿으며 평생 용을 찾아다녔다.

비록 용을 만난 적은 없었지만, 부모님은 용에 대한 모든 걸 알고 있었다. 민혁의 가문이 까마득히 먼 옛날부터 용을 연구하고 사냥해 왔기 때문에 용에 대한 지식은 가문 대대로 전해져 내려왔다.

용이 사라졌기 때문에 용 사냥꾼 역시 오랜 옛날에 사라졌다. 그러니 이 시대에서 민혁의 부모님은 아마 세상에 남아 있는 유일한 용 사냥꾼이었을 것이다. 비록 용을 한 마리라도 잡기는커녕 한 번도 만난 적이 없는데 용 사냥꾼이라고 할 수 있을지 민혁은 의문이었지만 말이다.

부모님은 민혁이 어릴 때부터 용에 대한 많은 것을 가르쳐주고 용을 잡는 훈련을 하게 했다. 용을 사냥하는 방법은 옛날 사람들이 다른 짐승을 사냥하는 방법과 비슷했다. 용은 활로 잡았다.

물론 일반적인 활은 아니었고, 용을 사냥하는 데 쓰는 것은 '살용궁'이라는 특수한 활이었다. 인간이 만든 그 어떤 무기로도 용의 단단한 비늘을 뚫을 수 없었기 때문에 용 사냥꾼의 살용궁만이 용을 잡을 수 있었다.

물론 살용궁으로 쏜 화살 또한 용의 비늘을 뚫을 수는 없었다. 그래서 용 사냥꾼들은 용의 몸에 있는 일곱 군데의 급소를 모두 알고 있어야 했다. 그 급소는 모두 용의 얼굴에 있었는데, 그 일곱 군데의 급소에 정확히 화살을 꽂아야 용을 죽일 수 있었다.

그래서 민혁은 어린 시절부터 부모님에게서 살용궁을 쏘는 방법을 배우고 훈련해야 했다. 어릴 적 민혁은 부모님이 시키는 건 뭐든지 순순히 하는 아이였다.

따라서 그는 매일 한두 시간씩 살용궁을 쏘며 시간을 보냈다. 그 일이 나름대로 재밌었기에 어린 시절의 민혁은 매일 같이 살용궁을 가지고 놀았고, 중학생이 되기 전부터 이미 활쏘기에 있어서는 부모님을 넘어설 정도였다.

민혁이 살용궁을 다루는 걸 보며 부모님은 아들이 훌륭한 용 사냥꾼이 될 거라고 칭찬했다. 어린 민혁은 부모님에게 칭찬을 들을 때마다 신이 나서 자신이 나중에 꼭 용을 잡아 부모님에게 보여주겠다고 큰소리를 치곤 했다.

하지만 그 모든 일은 민혁이 중학생이 되면서 끝났다. 중학생이 되자 민혁은 부모님이 이 세상에 존재하지도 않는 용에 집착하는 것도, 자기에게 활쏘기를 시키는 것도 모두 짜증이 났다.

그래서 그는 더 이상 활쏘기를 연습하지 않았다. 그리고 그즈음부터 부모님과 말을 잘 하지 않게 된 것 같았다. 부모님은 그런 민혁의 변화에 당혹스러워했다. 그 시기에 그들은 한 마리의 용을 대하듯 아들을 조심스럽게 대했다.

그리고 아마 그 무렵에 부모님의 오랜 염원도 결실을 맺었다. 평생 용을 찾아 헤맸던 부모님은 오랜 조사 끝에 다랑산에 청룡 한 마리가 살고 있다는 전설을 접하게 되었다. 또한 이유는 알 수 없었지만 부모님은 그 전설을 사실이라고 굳게 믿었다. 아마 민혁이 알지 못하는 다른 근거가 있었던 것 같다.

사실 그때 민혁은 부모님이 무슨 생각을 하고 있는지, 부모님이 어떤 자료를 모으고 있는지 전혀 관심이 없었다.

다랑산으로 떠나기 나흘 전, 부모님은 방에서 숙제하던 민혁을 불러 식탁에 앉혀놓고 자신들이 한 일을 털어놓았다.

"마녀와 계약했다고요?"

민혁은 어이가 없어서 물었다.

"요즘 세상에도 마녀가 있어요?"

"그래, 어렵게 찾아낸 마녀지. 그 마녀로부터 용을 잠재우는 방법을 알아냈단다."

부모님은 민혁이 듣기에 어처구니없는 그런 이야기를 진지하게 말했다.

"이제 모든 준비가 끝났어. 엄마랑 아빠는 용을 찾으러 갈 거야. 우리 가문이 실로 긴 세월 만에 다시 용을 사냥하는 거지."

그제야 민혁은 부모님이 무슨 말을 꺼낼지 깨달았다. 그래서 그들이 묻기도 전에 먼저 대답했다.

"전 안 갈래요."

그는 딱 잘라 말했다.

"두 분이서 다녀오세요."

예상대로 부모님은 실망한 표정을 지었다. 그것은 민혁이 자신
들을 따라가지 않겠다고 했기 때문이기도 했지만, 자신들이 평생
을 바친 일에 아들이 무관심한 모습을 보인 게 더 컸다.

부모님은 민혁을 길게 설득하지 않았다. 다른 친척이 없었기에
민혁은 혼자 집에 남기로 했다. 엄마는 민혁이 혼자 집에 있는 동
안 밥을 차려 먹는 방법과 가스 밸브를 잠글 것을 신신당부했다.
민혁은 엄마의 당부를 대충 흘려들으면서도 부모님 없이 며칠 동
안 혼자 지낼 수 있다는 게 신이 났다.

떠나는 날 아침, 부모님은 민혁을 한 번씩 안아준 뒤 집을 나
섰다.

"엄마 아빠가 돌아왔을 때 우린 아마 세상에서 제일 큰 부자
가 될 거야."

"그리고 역사에 이름을 남기겠지."

"너도 같이 가면 좋을 텐데⋯⋯."

민혁은 고개를 저었다.

"저는 역사에 이름을 남기지 않을래요."

두 사람은 아들에게 밥을 꼭 제때 챙겨 먹으라고 이른 뒤 무거
운 짐을 짊어지고 현관문을 나섰다.

그게 민혁이 본 두 사람의 마지막 모습이었다.

마녀가 떠난 뒤 민혁은 집 안에 들어가 컴퓨터를 켜고 마녀와 계약한 사람들에 대해 찾아봤다. 수백 년 전까지만 해도 한반도에는 마녀가 많이 살았지만 지금은 남아 있는 마녀가 극히 드물었다.

그런데 마녀를 자처하는 사람은 꽤 되는 모양이었다. 기사를 검색해 보니 마녀 흉내를 내며 사람들에게 돈을 뜯은 사람이 사기죄로 체포된 사건들도 있었다. 마녀에 대해 검색하면 나오는 기사 대부분이 그런 식이었다.

하지만 물론 진짜도 있었다. 마녀들은 폐쇄적인 성격이었고 자신을 드러내지 않았기에 일반인이 마녀를 찾아낼 수 있는 경우는 거의 없었지만, 어렵게 접촉한 마녀와 위험한 계약을 한 사람들에 관한 이야기가 인터넷에서는 괴담처럼 떠돌고 있었다.

그런 계약을 한 사람 대부분은 삶이 나락으로 떨어진 상황에서 사채업자조차 혀를 내두를 계약을 마녀와 했다. 그리고 대체로 그 결과는 참혹했다. 마녀와의 계약을 지키지 못한 사람들에 관한 이야기를 읽으면서 민혁은 몸서리를 쳤다.

이 문제를 해결할 방법은 없을까? 아무래도 일단 마녀와 계약한 순간, 그 계약을 지키는 것 말고는 다른 방법이 없는 모양이었다. 인터넷에서 찾은 사례들을 볼 때 약속을 지키지 않고 마녀에게서 도망치는 건 불가능한 것 같았다.

민혁은 경찰청 홈페이지까지 들어가 특수한 위기 상황에 처했을 때의 해결 방안을 찾아봤지만, 그곳에도 마녀하고는 절대 계약하지 말라는 경고만 적혀 있었을 뿐이었다.

"이런 젠장!"

민혁이 키보드를 밀치며 내뱉었다.

"내가 계약을 한 것도 아닌데 왜 나한테 이런 일이 생기냐고!"

그는 부모님을 생각하며 씩씩거렸다.

'그 사람들은 사라진 후에도 도움이 되기는커녕 말썽만 일으키네.'

민혁은 자리에서 일어나 방 안을 초조하게 돌아다녔다.

"미치겠네, 미치겠어."

한 달 안에 금 백 근을 마련해야 했다. 금 백 근이면 도대체 얼마지? 아마 수십억은 될 것이다. 수십억을 한 달 안에 만들지 못하면 그는 산 채로 박제가 된다. 이렇게 어처구니없는 일이 있다니. 민혁은 마녀의 취향이 정말 변태 같다고 생각했다. 사람을 산 채로 박제로 만들어서 도대체 어디에 쓰려는 것일까?

"젠장!"

그는 부모님이 원망스러워서 주먹으로 책상을 내리쳤다.

민혁은 한동안 자리에 앉아 있다가 의자를 모니터 앞으로 끌어당기고는 다시 인터넷을 뒤지기 시작했다.

하지만 마녀와 관련된 정보를 아무리 찾아도 뚜렷한 해결 방법은 나오지 않았다. 마녀하고는 애초에 계약을 하지 않는 것이 최선이고, 어쩔 수 없이 계약했다면 무슨 수를 써서라도 그 계약을 지켜야만 한다. 이 두 가지 말고는 다른 방법이 없었다.

민혁은 생각에 잠겼다. 계약을 무효로 할 수는 없었다. 그렇다면 방법은 두 가지다. 하나는, 부모님을 찾아내 자기 대신 부모님을 마녀에게 넘겨주는 것이었다. 효자가 할 법한 일은 아니었지만 어쩔 수 없었다. 애초에 이 계약을 한 사람은 부모님이니까 책임도 그들이 져야 했다.

하지만 마녀는 아까 분명히 그렇게 말했다. 부모님의 생체 신호가 끊겼다고. 그렇다면 부모님은 지금 살아 있지 않다는 뜻이다. 아마 마녀의 말처럼 용이나 다른 짐승에게 잡아먹혔을지도 모르고, 어쩌면 다랑산 절벽에서 발을 헛디뎌 추락사했을지도 모른다.

그런 생각을 하면서도 민혁은 그리 슬프지 않았다. 이미 지난 4년 동안 부모님이 돌아가셨으리라고 생각했기에 그 사실을 마녀에게 확인받았다고 해서 그리 슬프지는 않았다. 하지만 그는 그 생각을 계속할수록 점차 기분이 무기력해지고 우울해졌다.

'엄마 아빠가 진짜로 죽었구나…….'

왜 기분이 우울한 걸까? 설마 부모님이 아직 살아 있다고 생각했던 걸까? 물론 그건 아니었다. 하지만 기분이 울적해지는 건 어쩔 수 없었다.

민혁은 두 사람이 용을 잡겠다는 허무맹랑한 꿈을 좇아 위험한 산으로 갔다가 죽었으리라고 옛날부터 생각하고 있었지만, 그럼에도 마음속 한 곳에서는 두 사람이 아직도 어딘가에 살아 있을지도 모른다는, 정말 피치 못할 사정 때문에 집으로 돌아오지 못하는 것이라는 가냘픈 희망이 붙어 있었던 모양이다.

그리고 마녀에게 확인 사살을 당한 지금, 민혁은 그 희망이 자신이 여태 생각했던 것보다 좀 더 컸던 모양이라고 생각했다.

한동안 무기력하게 앉아 있던 민혁은 고개를 흔들었다. 감상적인 기분에 잠겨 있을 때가 아니었다. 부모님과 관련된 일은 나중에 해결하면 된다. 지금은 당장 부딪힌 이 상황을 해결하는 것이 우선이다. 한 달 안에 금 백 근을 마련하거나 마녀를 설득해서 마음을 돌려야 한다.

민혁이 다시 한동안 열심히 검색했지만 도움이 되는 정보는 하나도 없었다. 더 이상 뭐라고 검색해야 할지도 알 수가 없었다. 그래서 그는 멍하니 모니터를 보며 한 손으로 마우스를 놀렸다. 그는 아무 생각 없이 인터넷 뉴스창을 클릭했다.

뉴스에는 오늘 여러 시민 단체가 여왕에게 민주정으로의 전환을 요구하는 성명문을 제출했다는 기사가 있었다. 그 성명문에는 여왕의 통치를 칭찬하면서도 이제 주권을 국민에게 이양하길 바란다고 정중하게 요구하는 내용이 담겼다고 했다.

여왕은 지금 뭘 하고 있을까? 마침 그 아래에 여왕이 오늘 아침 서울의 한 보육원을 깜짝 방문해 아이들을 만나고 왔다는 기사가 있었다. 여왕은 수수한 옷차림으로 보육원을 방문해 아이들과 선생님과 의미 있는 시간을 보냈다고 한다.

'여왕으로 산다는 건 어떤 기분일까?'

그런 기사를 무표정하게 읽다가 민혁은 생각했다.

'아마 그 어떤 고민도 없는 삶이겠지. 세상 모든 걸 다 가진 데다 더 갖고 싶은 게 있다면 얼마든지 가질 수 있을 테니까. 인생은 정말 불공평하다. 나는 이렇게 아무것도 가진 게 없는데 어떤 사람은 왕족으로 태어나 모든 걸 다 가졌다. 왜 사람들이 민주화를 요구하는지 이제야 이해가 가는군.'

그는 여왕에 관한 기사를 읽다가 다시금 부모님을 떠올렸다. 엄마 아빠는 왜 마녀에게 금 백 근을 주겠다는 계약을 했을까? 답은 하나밖에 없다. 그건 부모님이 마녀의 도움을 받는다면 반드시 용을 사냥할 수 있으리라고 확신했기 때문이다. 그렇지 않다면 그렇게 어리석은 짓을 했을 리가 없다. 물론 애초에 마녀와 계약하는 것 자체가 몹시 어리석은 일이긴 하지만 말이다.

4년 전, 부모님은 다랑산에 용이 살고 있다는 전설을 알게 되고 어떤 이유에서인지 그 전설이 사실이라 믿었다. 그리고 용을 잡으러 갈 준비가 거의 다 되었다면서 마지막으로 필요한 것을 구하기 위해 마녀와 계약했다. 그게 바로 용을 잠재우는 방법이었다. 제아무리 용 전문가라 할지라도 부모님은 용을 잠들게 하는 방법까지는 알지 못했던 모양이다. 그래서 마녀와 위험한 계약을 해 그 방법을 알아냈고, 그 대가로 무려 금 백 근을 주기로 약속한 것이다.

민혁이 보기에는 어처구니가 없었지만, 부모님은 분명 자신들이 용을 잡을 수 있을 거라 확신했던 것 같다. 용을 사냥한다면 그들의 말처럼 세계 최고의 부자가 될 수 있을 테니까. 용의 뿔이나 가죽, 하다못해 수염 한 조각이라도 그것에는 엄청난 값어치가 있으니까. 용의 여의주라면 말할 것도 없다. 이 나라의 여왕부터가 용의 여의주를 가져오는 사람에게 자신이 가진 모든 보물의 절반을 주겠다고 했으니 말이다.

민혁은 보육원에 간 여왕의 사진을 물끄러미 바라보았다. 여왕은 아이들을 만나 환하게 웃고 있었다. 티셔츠에 청바지 차림의 여왕은 이 나라의 국왕이자 세계 최고의 부자가 아닌 평범한 일반인처럼 보였다.

민혁은 여왕이 가진 것으로 알려진 엄청난 재산을 떠올렸다. 여왕에게 황금 백 근 정도는 강아지 간식값 정도일 것이다.

민혁은 컴퓨터 앞에 한참을 앉아 있다가 의자에 뒤로 기대어 누워버렸다.

유
산

"진짜라니까. 마녀가 나를 찾아왔다고!"

민혁이 아무리 설명해도 철진은 믿지 못하는 눈치였다.

"마녀가 내 팔을 잡고 마법을 걸었다니까? 그때는 진짜 아파서 죽는 줄 알았어."

민혁은 철진에게 자신의 오른팔을 보여줬다.

"멀쩡해 보이는데?"

"겉으로 보기에는 그렇지. 난 한 달 안에 황금 백 근을 마련하지 않으면 산 채로 박제가 된다고!"

"알았어, 알았어. 진정해."

그들은 동네에 있는 작은 카페 안에 있었다. 철진이 자주 가는 카페였다. 철진은 그곳에서 학원 숙제를 하는 것을 좋아했다. 철진을 따라 민혁도 그 카페에 몇 번 간 적이 있었다. 철진이 학원 숙제를 하는 동안 민혁은 맞은편에 앉아 도서관에서 빌려온 책을 읽곤 했다.

"그래, 알겠어. 네 말 믿어."

"정말? 진짜 믿는 거야?"

"물론이지. 네가 그런 거짓말이나 하는 이상한 애는 아니잖아."

민혁은 한숨을 쉬었다.

"진짜 미치겠다. 나 이제 어떡하냐. 곧 산 채로 박제가 될 거라고……."

"안 아프게 해 달라고 부탁해 봐."

"말이 되냐?"

철진은 탁자 위에 펼쳐놓은 학원 숙제거리를 내려다보았다. 수학 문제집과 문제를 푸는 공책이었다.

"난 방학 첫날부터 학원 뺑뺑이 도느라 힘들어 죽겠는데, 너한테는 되게 재미있는 일이 일어나네."

"부러우면 나랑 바꿔도 돼."

"사양할게. 난 평범한 삶이 좋거든. 그건 너도 마찬가지잖아."

민혁은 인상을 쓰며 말했다.

"도대체 왜 나한테 이런 일이 일어나는 거야? 이게 다 우리 엄마 아빠 때문이야. 그 두 사람이 용을 잡겠다는 허황한 생각을 해서 이렇게 된 거잖아. 아니, 계약은 우리 부모님이 했는데 왜 내가 빚을 갚아야 하냐?"

"마녀한테도 그렇게 말해봤어?"

"미처 말할 틈도 없었어. 그리고 어차피 말해봤자 씨알도 안 먹혔을 것 같아. 막무가내로 금 백 근을 준비하라고 말하고는 떠나버렸거든."

"금 백 근이면 얼마 정도야?"

"대충 계산해 봤는데 지금 시세로 49억 정도 되는 것 같아."

"49억이라……"

철진이 쥐고 있던 샤프펜슬로 공책을 톡톡 두드렸다.

"그 돈이면 건물 한 채 살 수도 있겠네."

"너 49억 있냐? 있으면 좀 빌려줘."

"그 돈이 있으면 공부를 안 하지. 뭐 하러 학원에 다니겠어."

민혁이 물었다.

"한 달 안에 49억을 마련할 방법이 없을까? 은행에서 대출받을 수는 없나?"

"은행이 뭘 보고 너 같은 평범한 고딩한테 49억을 빌려주겠냐. 은행에서 대출받으려면 담보를 맡겨야 해."

"결국 돈이 많은 사람만이 많은 돈을 빌릴 수 있다는 거네."

"그렇지. 그게 바로 자본주의라는 거야."

철진은 그렇게 말한 뒤 잠시 생각하다가 물었다.

"경찰에 보호를 요청하는 건 어때?"

"말했잖아. 마녀가 저주를 걸면 세상 어디로도 도망칠 수 없다고. 계약 기한이 끝나면 계약자의 몸이 마녀가 있는 곳으로 소환

된대."

"오, 그러니까 순간이동 같은 건가?"

"그런 셈이지. 그러니까 경비가 삼엄한 경찰서 안에 숨어도 마녀한테 속수무책으로 끌려갈 수밖에 없어. 이건 경찰도 어떻게 해결할 수 있는 문제가 아니라서 경찰도 그냥 마녀하고는 아예 엮이지 말라는 말만 하더라."

"큰일이군."

그렇게 말하면서도 철진은 그다지 심각해 보이지 않았다.

"그럼 남은 인생을 후회 없이 즐겨."

"뭐라고?"

"남은 한 달을 재미있게 살면 되잖아."

"그게 말이 되냐? 한 달 후에 죽는데 어떻게 재미있게 살 수 있어?"

"사람은 누구나 죽어."

"난 너무 일찍 죽는 거잖아."

"난 차라리 죽고 싶다."

철진이 한숨을 쉬며 말했다.

"내 꼴 좀 봐. 방학에도 매일 학원을 세 개씩 다닌다. 방학이 더 바빠. 차라리 방학이 없었으면 좋겠어. 내가 살날이 한 달밖에 안 남았다면 우리 엄마도 학원에 다니지 말라고 하겠지. 내가 너라면 여름 방학을 신나게 보내다가 후회 없이 가겠어."

민혁은 어이가 없었지만 화를 내려던 것을 꾹 참으며 말했다.

"그래, 너 엄마 있어서 좋겠다."

"난 없었으면 좋겠는데."

"그런 말은 하는 거 아니야."

"왜?"

"그런 말은 부모가 없는 애들만이 장난으로 할 수 있는 말이야. 나처럼."

철진이 잠시 무표정하게 민혁을 바라보다가 입을 열었다.

"가끔은 네가 부러워."

"내가 부럽다고?"

"그래."

"미쳤구만. 내가 뭐가 부러운데?"

"넌 자유롭잖아. 학원도 안 다니고, 공부를 안 해도 뭐라고 하는 사람도 없고."

"웃기는 소리 하고 있네. 그렇게 부러우면 너도 부모님을 없애 버리든가."

"안 돼. 그럼 감옥에 가게 되잖아."

"효자가 따로 없구만. 너희 부모님은 다 너 잘되라고 그러는 거야. 좋은 대학 들어가라고 열심히 돈 벌어서 애새끼 학원 보내 놓았더니 헛소리만 하고 있네."

"그러게."

철진은 그렇게 말하며 슬픈 미소를 지었다. 민혁은 검지로 그런 철진을 가리키며 말했다.

"아무튼 쓸데없는 소리는 그만하고 빨리 방법을 좀 생각해 봐. 어떻게 하면 이 위기를 벗어날 수 있을지 말이야."

"방법이 하나 있긴 하지."

"뭔데?"

"너도 여왕이 며칠 전에 대국민 발표를 한 거 알지?"

철진이 팔짱을 끼며 말했다.

"용의 여의주를 찾는다는 거?"

"그렇지. 여의주를 가져오는 사람에게 자기가 가진 보물의 절반을 준다잖아. 아마 그건 금 백 근하고는 비교가 안 될 정도로 엄청난 보물이겠지. 우리나라 여왕이 세계 최고의 부자라는 건 너도 알잖아."

"그래서 지금 나보고 용의 여의주를 찾아서 여왕에게 가지고 가라고?"

"그렇지."

"여의주를 어떻게 구하냐?"

"너희 가문이 대대로 용 사냥꾼이라며. 그럼 너도 용을 잡는 방법을 알고 있을 거 아냐."

민혁의 얼굴이 일그러졌다.

"난 용 같은 거 안 믿어."

"너희 부모님은 용이 있다고 믿고 용을 찾아 떠나셨잖아."

"그래서 죽었어."

"그 말은 적어도 용을 발견하기는 했다는 뜻 아니겠어?"

"용한테 죽었는지 산에서 늑대에게 잡아먹혔는지는 알 수 없지. 다랑산은 늑대가 많은 산으로 알려져 있으니까."

"어쨌든 너희 부모님은 그곳 어딘가에 용이 있다고 확신하셨으니까 마녀와 계약까지 한 거잖아."

"그래서 나도 엄마 아빠 뒤를 따라서 다랑산으로 가라고?"

"달리 방법이 없잖아."

철진은 그렇게 말하며 앞에 놓인 컵을 들어 한 모금 마셨다. 아이스 아메리카노는 이미 다 마셔 얼음물밖에 남지 않은 상태였다. 얼음물을 마신 철진이 차가운지 눈살을 살짝 찌푸리며 컵을 내려놓았다.

"이게 내가 생각할 수 있는 유일한 방법이야. 마침 여왕이 여의주를 가져오는 사람에게 엄청난 상을 주겠다고 했으니, 너에게는 절호의 기회인 셈이지."

"진지하게 하는 소리냐?"

"그럼."

철진은 문제집과 노트를 가리키며 말했다.

"집에 가서 부모님이 남긴 자료를 전부 찾아봐. 그걸로 다랑산 어디에 용이 있는지, 용을 어떻게 사냥하는지 알아보라고. 내 생각에는 그게 너희 부모님이 너에게 남겨준 최고의 유산 같은데."

집에 돌아온 민혁은 부모님 방의 서재를 뒤지기 시작했다. 철진의 말대로 부모님이 남긴 모든 자료를 다 검토할 생각이었다.

책장에는 용을 비롯해 전설 속 생물들에 관한 다양한 책이 꽂혀 있었다. 민혁은 그 모든 책을 뽑아 하나씩 다 훑어보았다. 책을 읽을 생각은 아니었고, 그 책들에 부모님이 해놓은 메모만 읽어볼 생각이었다.

먼지 쌓인 책장과 서랍 안에는 수많은 자료가 들어 있었다. 민혁은 그 모든 자료를 하나씩 전부 뽑아 훑어보았다. 용을 그린 그림과 용의 종류, 용의 특성 등에 대해 자세히 기록한 자료들이었다.

그런 자료들을 뒤지다 보니 독특한 물건들도 같이 나왔다. 예를 들면, 용을 조각한 작은 조각상이나 장식품 같은 것들이었다. 민혁은 가장 아래쪽 서랍에서 검은색 피리 하나를 발견했다. 나무인지 돌인지 모를 재료를 깎아 만든 피리였다. 검은색 피리는 반질반질하고 단순한 생김새였다. 민혁은 피리를 꺼내 한번 살펴보다가 책상 위에 올려놓았다.

그렇게 민혁은 반나절 동안 집안 전체를 뒤졌다. 사실 그렇게 온 집안을 헤집으면서도 민혁은 자신이 찾는 것이 무엇인지 본인도 정확히 알지 못했다.

'난 무엇을 찾고 있는 것일까? 철진이 말처럼 정말로 용을 사

냥하는 방법을 찾고 있는 것일까? 그런 미친 짓을 지금 내가 하고 있다고?'

그러다가 그는 어느 순간, 자신이 부모님의 흔적을 찾고 있는 것임을 깨달았다. 어쩌면 그에게 용을 찾아 떠난 부모님과 용은 분리할 수 없는 것인지도 몰랐다. 실제로 세상 어딘가에 살아 있기는 한 것인지, 나를 기다리고 있는지 알 수 없으니까.

"알 수 없기는."

그는 장롱을 뒤지다가 바닥에 주저앉으며 중얼거렸다.

'마녀가 그랬잖아, 엄마 아빠는 죽었다고.'

다시 우울한 기분이 엄습했다. 그는 잠시 그 기분 속으로 침잠하다가 장롱으로 눈을 돌렸다. 장롱 안에는 민혁의 키만 한 커다란 활 하나와 특이하게 생긴 화살 여러 개가 담긴 화살통 하나가 들어 있었다. 민혁이 어린 시절에 썼던 살용궁이었다. 민혁은 살용궁을 꺼내 쓰다듬었다. 살용궁은 정말 특이한 무기였다. 활은 그 거대한 크기에도 무게감이 깃털처럼 가벼웠다.

살용궁을 만지는 건 정말 오랜만이었다. 부모님이 떠나기 전부터 이미 민혁은 활쏘기에 흥미를 잃었다. 이 활은 오랫동안 민혁이 다시 자신을 찾아주길 바라면서 장롱 속 어둠에 묻혀 있었을 것이다. 그는 왠지 활에게 미안한 마음이 들었다.

민혁은 활을 다시 제자리에 넣으려다 활이 놓여 있던 장롱의 밑 칸에서 상자 하나를 발견했다. 구두 상자 크기의 검은색 종이

상자였다. 그는 종이 상자를 꺼내 열었다.

그 안에는 검은색 가죽을 씌운 두꺼운 공책 한 권이 들어 있었다. 아무 생각 없이 공책을 펼친 민혁은 흠칫 놀랐다. 첫 장에 4년 전 날짜가 적혀 있었던 것이다.

그 공책은 부모님이 용에 대해 알아가면서 쓴 일기와 일지를 겸한 공책이었다. 글씨체를 봐서 아빠가 쓴 것 같았다. 민혁은 그 공책을 처음부터 읽어나갔다.

검은 공책에는 부모님이 평생을 찾아다녔던 용에 대한 집념과 연구가 모두 담겨 있었다. 용과 다양한 지형과 자연을 그린 그림도 공책 곳곳에 그려져 있었다. 민혁은 아빠의 그림 실력에 살짝 놀랐다. 아빠가 그린 그림들은 세련되고 자세하게 자연과 용을 묘사하고 있었다. 민혁은 페이지를 넘기다가 공책 한 장을 가득 채운 용의 얼굴을 그린 그림에서 손끝을 멈췄다.

그 그림은 용의 머리에 있는 일곱 군데의 급소를 표현한 것이었다. 민혁은 그림을 손으로 더듬어 나가며 일곱 군데의 급소를 하나씩 짚었다. 자신이 어렸을 때 외웠던 것과 똑같았다. 그는 자신이 아직도 그런 정보를 기억하고 있다는 것이 신기했다.

'나도 어렸을 때는 용을 정말 좋아했구나.'

민혁은 용의 얼굴을 가만히 들여다보았다. 수염과 뿔이 난 용의 얼굴은 무시무시하면서도 신령한 느낌을 줬다. 이것이 세상에서 가장 신령한 동물의 얼굴이었다. 그 얼굴을 표현한 아빠의 그림 실력도 상당했다. 민혁은 부릅뜬 눈으로 자신을 응시하는 용의 얼굴을 바라보면서 자신도 모르게 감상에 젖었다.

'이걸 찾아서 엄마 아빠가 떠나 버린 거구나. 이 동물을 찾아서……'

민혁은 한동안 용의 얼굴을 보다가 다음 페이지로 넘어갔다. 공책의 그다음에는 다랑산의 지도가 그려져 있었다. 아빠는 다양한 방향에서 그린 여러 가지 지도를 통해 다랑산 중앙에 있는 어떤 동굴의 위치를 상세히 설명하고 있었다. 그 동굴 안에 용이 살고 있다는 것이다.

민혁은 다음 페이지를 넘기다가 다시 손끝이 멈췄다.

마녀에 대한 언급이 나왔던 것이다.

아빠는 엄마와 함께 마녀를 찾아간 일에 관해 쓰고 있었다. 마녀를 어떻게 찾아냈는지, 마녀가 어디에 살고 있는지는 적혀 있지 않았다. 하지만 아빠는 마녀에게서 얻어낸 것을 자세히 기록하고 있었다.

마녀가 알려준 용을 잠재우는 방법은 음악을 들려주는 것이었다. 용에게만 영향을 주는 특정한 곡을 반복해 연주하면 용이 저절로 잠들게 된다는 것이었다. 그러면서 마녀는 그런 곡을 연주하기에 적당한 악기 몇 가지도 부모님에게 넘겨줬다.

그다음 페이지에는 용을 잠들게 하는 음악의 악보가 그려져 있었다. 그 악보를 보는 순간 민혁은 아까 꺼냈던 검은 피리가 생각났다. 민혁은 서재로 달려가 책상 위에 놓아둔 검은색 피리를 가져왔다.

그는 공책을 앞에 두고 피리를 조심스럽게 한 번 불어봤다. 그가 살짝 불었을 뿐인데 피리는 가냘프지만 아름다운 소리를 뿜어냈다.

"신기하군."

민혁은 공책에 그려진 악보를 따라 피리를 불어봤다. 높은음으로 이루어진 기이한 자장가 같은 음악이었다. 피리가 내는 소리가 워낙 높아 살짝 소름이 돋기도 했다.

민혁은 피리를 내려놓고 생각에 잠겼다.

'그러니까 용이 사는 위치도 알아냈고, 용을 잠재우는 방법도 알아냈어. 용을 잠들게 한 다음 살용궁으로 급소를 쏴서 용을 죽이는 것이구나.'

이렇게 모든 준비가 다 갖춰지자 부모님은 다랑산으로 떠났다. 그리고 다시는 돌아오지 않았다. 용이 사는 곳보다 더 먼 곳으로 떠나 버린 것이다.

민혁은 공책을 들고 다시 페이지를 넘겼다. 악보는 공책의 거의 마지막 부분에 있었는데, 그 뒤로는 백지만 몇 페이지가 이어졌다. 민혁은 계속 종이를 넘기다가 공책의 마지막 장에서 멈췄다.

공책의 맨 뒤에는 사진 한 장이 붙어 있었다. 부모님과 어린 민혁이 함께 찍은 사진이었다. 아마 민혁이 초등학교 저학년이었을 때 같았다. 부모님은 민혁을 안고 환하게 웃고 있었다. 민혁 역시 밝게 웃고 있었다.

사진 위로 눈물이 한 방울 떨어졌다. 민혁은 눈물을 닦았다. 하지만 또 다른 눈물이 떨어졌다.

민혁은 공책을 내려놓고 조용히 흐느꼈다.

푸 른 달

이틀 후 아침, 민혁은 가방을 메고 한 손에는 살용궁을 들고 현관문을 나섰다. 아파트 1층으로 내려와 밖으로 나오자 맑은 새벽 공기가 민혁을 감쌌다.

민혁은 근처에 있는 지하철역까지 걸어갔다. 이른 새벽이라 역 안에는 사람이 그리 많지 않았다. 플랫폼에 서 있던 사람들은 커다란 활을 들고 있는 민혁을 힐끔거렸다. 하지만 민혁은 아랑곳하지 않고 활을 든 채 의자에 앉아 지하철을 기다렸다.

지하철을 두 번 갈아탄 끝에 민혁은 고속버스 터미널에 도착할 수 있었다. 그곳에서 전날 미리 인터넷으로 예약한 표를 뽑은 뒤 민혁은 대합실 의자에 앉았다. 이른 시각이었지만 터미널 안은 사람으로 북적이고 있었다. 대합실 한가운데 있는 커다란 TV에서는 아침 뉴스가 나오고 있었다. 아나운서는 여왕이 여의주를 찾는다는 발표를 다시 반복하고 있었다. 아직 여왕에게 진짜 여의주를 가져온 사람이 없었나 보다.

민혁은 그 뉴스를 멍하니 보다가 대합실 안에 있는 작은 샌드위치 가게에서 샌드위치를 하나 샀다. 그는 의자에 앉아 샌드위치를 먹으며 자신이 그만둔 샌드위치 가게를 떠올렸다. 그는 어제 전화를 해서 아르바이트를 그만뒀던 것이다. 괜찮은 아르바이트 자리를 날려버려 좀 아깝긴 했지만, 많이 아쉽지는 않았다. 어차피 한 달 후면 그는 죽을 운명이었다.

그가 탈 버스가 도착했다. 그는 활과 배낭을 버스 트렁크에 넣은 뒤 좌석에 앉았다. 그의 뒤를 이어 사람이 하나둘씩 버스에 올랐다. 평일이라 탑승객이 많지는 않았다. 하지만 모두 어른이었다. 민혁이 같은 애들은 보이지 않았다. 민혁은 그나마 자신이 키가 크기 때문에 혹시라도 그에게 시비를 걸 어른은 없으리라고 생각했다.

버스가 출발했다. 민혁은 고개를 젖히고 눈을 감았다.

버스는 중간에 한 번 휴게소에 들른 시간까지 합쳐 꼬박 4시간을 달린 끝에 목적지에 도착했다. 승객들이 트렁크에서 짐을 꺼내자 버스는 떠났다. 민혁은 스마트폰 애플리케이션으로 택시를 불렀다. 잠시 기다리자 택시 한 대가 민혁의 앞으로 도착했다.

택시 기사는 민혁이 들고 있는 커다란 활을 보고 눈을 치켜떴다.

"학생, 그건 뭐야?"

"살용궁이요."

"뭐?"

"용을 사냥하는 활이에요."

자신을 쳐다보는 기사를 내버려둔 채 민혁은 택시 트렁크에 활을 집어넣었다. 그런 뒤 민혁은 차에 타며 말했다.

"다랑산으로 가주세요."

기사는 차를 출발하면서 물었다.

"고등학생인가?"

"네."

"이 근처에서 사는 거야? 어디서 왔어?"

"서울이요."

"아이고, 멀리서도 왔네. 오늘 평일인데 학교 안 가?"

"지금 방학이거든요."

택시는 구불구불한 시골길을 지났다. 드문드문 있던 작은 시골집들이 점점 사라졌다. 저 멀리 앞에 커다란 산이 점점 가까워졌다.

"그 활을 들고 다랑산은 왜 가는 거야?"

기사가 물었다.

"용을 잡으러 가는 거예요."

"용? 용을 왜……."

"여의주 때문에요."

기사는 백미러로 민혁을 한 번 쳐다봤다.

"혹시 여왕이 용의 여의주를 가져오는 사람에게 큰 상을 내리겠다고 해서 그러는 거야?"

"네."

"아…… 근데 그게 다랑산이랑 무슨 상관이야?"

"다랑산에 용이 살고 있대요."

"누가 그래?"

"저희 부모님이요."

"음, 그럼 학생이 다랑산에 가는 걸 부모님도 아셔?"

민혁은 잠시 침묵하다 대답했다.

"아마 그러실걸요."

택시가 산 아래 도착하자 민혁은 택시비를 내고 차에서 내렸다. 그는 트렁크에서 살용궁을 꺼내고 활이 가득한 배낭을 맨 뒤 산속으로 들어갔다.

다랑산은 사람의 발자취가 거의 없는 산이었다. 외딴 시골에 있기도 했지만, 큰 산임에도 등산객이 없는 산으로 알려져 있었다. 그래서 사람의 손길이 닿지 않아 나무와 수풀이 제멋대로 우거져 하나의 커다란 덩어리처럼 보였다.

민혁은 아빠의 공책과 나침반을 번갈아 보며 산속으로 점점 깊이 들어갔다. 다랑산은 자연적으로 만들어진 미로를 방불케 하는 복잡한 구조였다. 등산로가 없어서 더 심했다. 아빠가 남긴 자세한 지도가 없었다면 산에서 완전히 길을 잃었을 것이다.

산속으로 들어간 지 두 시간이 지났다. 민혁은 온몸이 땀으로 흠뻑 젖었다. 산속은 시원한 편이었지만 여름은 여름이었다. 하지만 민혁은 아랑곳하지 않고 지도와 나침반, 그리고 자신이 가고 있는 길에만 집중했다. 산길이 워낙 복잡해서 까딱 잘못하면 길을 잃기 십상이었다.

민혁이 말라붙은 커다란 계곡을 지날 때였다. 갑자기 먼 곳에서 늑대가 우는 소리가 들려 그는 발걸음을 멈췄다. 그 직후 또 다른 늑대 울음소리가 들렸다. 두 번째 소리는 훨씬 가까웠다.

근처에 늑대가 있다.

'서둘러야겠네.'

그는 발걸음을 옮기려다 부모님 생각이 나 다시 멈췄다. 이 산에는 늑대가 많다. 어쩌면 지금 민혁의 근처에 있는 늑대 중 하나가 부모님을 잡아먹었을 수도 있다.

용을 잡으러 왔다가 늑대에게 잡아먹히다니.

민혁은 마음이 착잡해졌지만 고개를 흔들며 그런 기분을 떨쳐 냈다. 부모님과 같은 최후를 맞이할 수는 없었다. 빨리 움직여야 했다.

그는 계곡을 건넌 뒤 동쪽으로 계속 이동했다. 갈수록 산이 점점 가팔라졌다. 그는 뻗어 나온 나무의 몸통을 붙잡고 위로 올라갔다. 농구를 좋아해서 평소 운동을 자주 하긴 했지만 등산은 거의 하지 않아서 힘들었다. 더군다나 커다란 활과 무거운 배낭까지 짊어졌기 때문에 산을 타기가 더욱 어려웠다.

가파른 절벽을 한참 동안 기어 올라간 끝에 드디어 편평한 공간이 나왔다. 민혁의 앞에 펼쳐진 것은 거대한 동굴의 입구였다. 동굴은 커다란 호랑이가 입을 쩍 벌린 듯한 모양이었다. 민혁은 이마의 땀을 닦으며 공책을 펼쳤다.

"여기가 '청룡동굴'의 입구구나."

이 동굴 안으로 들어가는 것이 이 산에서의 마지막 관문이었다. 동굴 안은 먹물 같은 어둠으로 가득 차 있었다. 민혁은 배낭에서 손전등을 꺼냈다. 그러고는 심호흡을 한 번 한 뒤 동굴 안으로 들어갔다.

동굴 안에 들어오자 정말 칠흑같이 깜깜하다는 게 어떤 건지 알 것 같았다. 손전등이 없었다면 그는 한 걸음도 내디딜 수 없었을 것이다. 민혁은 손전등으로 사방을 비춰보았다. 동굴 내부가 어찌나 큰지 손전등의 빛이 끝까지 닿지 않을 정도였다. 이곳에 정말 용이 있다면 용 한 마리가 살기에는 충분한 크기로 보였다.

어두운 동굴은 점차 아래로 이어졌다. 민혁은 발아래를 전등으로 비추면서 한참 동안 아래로 내려갔다. 아빠의 공책에는 청룡동굴로 들어가는 길은 자세히 쓰여 있었지만 정작 동굴 내부의 길은 구체적으로 설명되어 있지 않았다. 그저 '산 중앙을 향해 계속해서 내려가야 한다'라는 글귀가 전부였다.

동굴은 아래로 끝없이 이어졌다. 지금까지 민혁이 힘들게 올라왔던 산을 다시 내려가는 꼴이었다. 민혁은 어둠 속을 걸으면서 서서히 불안해졌다.

'혹시 길을 잃은 건 아닐까?'

이 어두운 곳에서 길을 잃으면 답이 없었다. 설상가상으로 길은 점점 아래로 가팔라졌다. 발을 헛디뎌서 미끄러질 뻔한 게 한두 번이 아니었다. 민혁은 두려운 마음을 누르며 계속해서 아래로 내려갔다. 이제 와서 돌아갈 수는 없었다.

몇 시간이나 지났는지 알 수 없는 시간 동안 어둠 속을 내려가자 저 아래쪽에서 희미한 불빛이 보였다. 민혁은 자신이 잘못 봤나 싶어 눈을 비비고 다시 봤지만 틀림없었다. 이 깊은 동굴 속에 불빛이 있다니? 민혁은 빛을 보자 반가운 마음과 함께 두려움이 들었다. 그는 마른침을 한 번 삼키고 자신을 다독였다.

'빛이 있다는 게 적어도 어둠보다는 낫잖아. 괜찮을 거야.'

아래로 내려갈수록 불빛은 조금씩 더 커졌다. 그리고 마침내 내리막길이 끝나고 나온 것은 거대한 실내 공간이었다.

그곳은 천장과 사방 끝이 보이지 않을 정도로 높고 넓은 방이었다. 이 거대한 공간을 채우고 있는 것은 규칙적으로 서 있는 까마득히 높은 돌기둥이었다. 실내를 밝히고 있던 불빛의 정체는 그 기둥마다 하나씩 꽂혀 있는 커다란 횃불이었다.

민혁은 기둥 사이를 걸으며 위쪽을 올려다보았다. 하지만 아무리 고개를 젖혀 봐도 천장이 보이지 않았다. 드높은 기둥 위쪽은 횃불의 불빛이 닿지 않아서 어둠으로 싸여 있었다.

그는 기둥으로 다가가 표면을 만져봤다. 기둥은 차갑고 매끄러웠다. 가까이에서 보니 기둥의 표면에는 기둥을 휘감으며 올라가는 용이 새겨져 있었다. 섬세하고 아름다운 솜씨였다.

민혁은 기둥에 새겨진 용을 보자마자 자신이 제대로 찾아왔음을 직감했다. 그는 배낭을 내려놓고 배낭에서 화살통을 꺼냈다. 그리고 허리띠에 검은색 피리를 꽂은 뒤 왼손에는 활을 들고 오른손에는 화살통, 어깨에는 배낭을 메고 다시 앞으로 향했다.

공간이 워낙 광활해서 어디로 가야 할지 알 수가 없었다. 바닥은 단단한 대리석이었고 사방이 트여 있어 딱히 길이 있는 것도 아니었다. 그래서 민혁은 그저 무작정 앞으로 걸어갔다.

민혁은 사방을 둘러보며 조심스럽게 발걸음을 옮겼다. 어디에서 갑자기 용이 나타날지 알 수 없었다. 용이 움직일 때 어떤 소리가 나는지 민혁은 알지 못했다. 어쩌면 용은 거대한 몸집에 비해 별다른 소리 없이 움직일지도 모른다. 용은 날개가 없어도 하늘을 날 수 있는 동물이었으니 말이다.

한참을 걸어가자 저 멀리 작은 산 같은 게 보였다. 민혁은 그쪽을 향해 계속 걸어갔다. 걸어갈수록 산이 커졌다. 어느 정도 가까워진 순간 민혁은 제자리에 멈추고 말았다.

그것은 산이 아니었다.

웅크리고 있는 용이었다.

민혁은 숨이 턱 막히는 것만 같았다. 그는 발소리를 죽인 채 옆에 있는 기둥 뒤에 몸을 숨겼다. 기둥에 등을 붙이고 민혁은 바닥에 배낭을 내려놓았다. 심장이 어찌나 세게 뛰는지 그는 자신의 심장 소리를 용에게 들키지 않을까 두려울 지경이었다.

민혁은 천천히 기둥 밖으로 고개를 돌렸다. 용은 민혁을 등지고 몸을 휘감고 있었다. 자는 건가? 용이 몸을 웅크린 채 낮잠을 자고 있는지도 모른다. 하지만 확신할 수는 없었다.

민혁은 화살통을 어깨에 단단하게 멨다. 그런 뒤 허리춤에 꽂혀 있던 피리를 꺼내 한 손에 쥐었다. 다른 손에는 활을 쥐고 있었다.

그는 심호흡을 한 번 한 뒤 까치발을 들고 다른 기둥 쪽으로 살금살금 다가갔다. 그리고 다시 기둥 뒤에 몸을 바짝 붙였다. 그는 소리 죽여 숨을 토했다. 이로써 용에게 좀 더 가까워졌다. 그는 다시 심호흡한 뒤 용에게 더 가까이 있는 기둥 뒤로 재빨리 움직였다.

가까이에서 본 용은 정말 거대하기 그지없었다. 용의 기나긴 몸통은 저 멀리까지 뻗어 있었는데, 민혁의 눈앞에 있는 산은 용이 중간에 한 번 몸을 휘감아서 생긴 것이었다.

민혁은 기둥 옆으로 얼굴을 빼고 용을 살펴보았다. 용의 몸은 여러 개의 기둥을 지나 끝이 보이지 않을 정도로 아주 멀리까지 뻗어 있었다. 몸통의 두께 역시 엄청나서 빌딩 하나를 옆으로 눕혀 놓은 것만 같았다.

가까이에서 본 용의 모습에 민혁은 입이 벌어졌다. 믿을 수 없는 크기 때문이기도 했지만, 무엇보다도 용의 몸은 아름답게 빛나고 있었다. 용의 피부는 보석 같은 푸른 빛을 내뿜는 비늘로 덮여 있었다. 푸른 비늘에 기둥의 횃불이 비쳐 은은한 빛을 반사하고 있었다.

민혁은 좀 더 가까이에 있는 기둥으로 다가갔다. 용에게 가까워질수록 비늘은 아름답게 빛나고 있었다. 그 푸른 빛에 민혁은 감탄이 나왔다.

'이것이 바로 청룡이구나. 이름처럼 푸르고 아름답네.'

그때였다.

여태까지 잠자코 있던 용이 갑자기 몸을 움직였다.

용은 그 경이로운 크기가 믿어지지 않을 정도로 소리 없이 부드럽게 움직였다. 민혁은 깜짝 놀라며 재빨리 기둥으로 달려가 몸을 숨겼다. 하지만 그 바람에 나지막한 발소리가 나고 말았다.

기둥 뒤에 숨은 민혁은 입술을 깨물었다. 최대한 조용히 하려고 했는데 발소리를 내고 말았다. 용이 들었을까?

스르륵 하고 부드러운 비단이 땅에 끌리는 듯한 소리가 났다.

'들켰네.'

용이 민혁의 발소리를 들은 모양이었다. 저 멀리까지 뻗어 있는 용의 몸통이 움직이더니 비단이 끌리는 소리가 가까워졌다.

'용이 나를 보면 끝장이야.'

민혁은 한 손에 든 살용궁을 내려놓고 검은 피리를 입에 댔다. 부모님이 마녀에게 얻은 악보를 발견한 이후로 민혁은 하루 종일 그 곡을 연습했다. 고속버스를 타고 올 때도 악보를 보며 손가락으로 반복해서 피리의 운지법을 연습했다.

악보를 외우는 데 긴 시간이 걸리지는 않았지만 연습을 철저히 해야 했다. 단 한 음절이라도 틀리면 용에게 마술이 통하지 않을 수도 있었다.

민혁이 검은 피리를 불기 시작했다. 기이하게 높은음이 울려 퍼졌다. 용이 움직이는 소리가 잠시 멈췄다.

'너무 빠르지도, 느리지도 않게 불어야 해.'

자장가 같으면서도 귀신이 우는 듯한 기묘한 음악이 기둥을 따라 사방으로 퍼져 나갔다. 마침내 곡을 다 연주하자 민혁은 피리를 입에서 뗐다.

'됐나?'

귀를 기울였지만 아무 소리도 들리지 않았다. 민혁은 기둥 뒤로 고개를 돌렸다.

그런데 바로 그 순간 용이 다시 움직이기 시작했다. 민혁은 깜짝 놀라 다시 피리를 불었다.

하지만 피리를 부는데도 용은 계속 이쪽으로 다가오고 있었다. 비단이 땅에 끌리는 소리가 점점 다가왔다. 민혁은 마음이 불안해졌다. 하지만 불안한 와중에도 입과 손가락은 성실하게 피리를 연주하고 있었다.

음악이 끝나는 순간 민혁은 다시 처음부터 곡을 연주했다. 높은 음악 소리가 불안으로 가득 채워진 민혁의 몸을 훑고 밖으로 나왔다. 민혁은 그 음악 소리에 자신의 공포가 섞이지 않게 하려고 안간힘을 썼다.

그러나 용은 멈추지 않았다. 그리고 마침내 민혁이 기대고 있는 기둥 옆으로 용의 거대한 머리가 나타났다.

용이 고개를 돌리고 민혁을 쳐다봤다. 민혁은 순간 용과 눈이 마주쳤다.

그는 심장이 얼어붙는 것만 같았다. 하지만 그 순간에도 연주는 멈추지 않았다. 그는 자신이 공포에 떠는 와중에도 어떻게 안정적으로 피리를 불 수 있는지 신기했다. 수천 번 연습한 보람이 있었던 것이다.

민혁은 피리를 불면서 뒷걸음질 쳤다. 용은 더 이상 움직이지 않고 그 자리에서 빤히 민혁을 바라보았다. 민혁은 계속 피리를 불면서 뒤로 물러났다.

용의 머리 역시 정말 거대하기 그지없었다. 푸른 빛이 도는 머리 위에는 사슴의 뿔을 연상케 하는 커다란 뿔이 뻗어 나와 있었다. 턱에는 수염이 돋아나 있었는데, 그 수염 때문에 용의 날카로운 얼굴은 한편으로는 인자한 할아버지 같은 묘한 느낌을 줬다.

용은 거대한 눈으로 민혁을 똑바로 바라보고 있었다. 민혁은 당장이라도 용이 입을 벌리고 자신을 한입에 집어삼킬까 봐 겁이 났다. 하지만 용은 무표정하게 계속 민혁을 쳐다보고 있을 뿐이었다. 마치 이 작은 생명체가 도대체 여기서 뭘 하고 있는지 궁금한 모양이었다.

용의 얼굴은 언뜻 뱀과 비슷했지만, 세상에서 가장 신령한 동물답게 형용할 수 없는 위엄을 띠고 있었다. 이 거대한 생명체의 눈동자의 지름은 민혁의 키와 비슷했다. 민혁은 그 커다란 까만 눈동자에 자신의 전신이 비치는 것을 보았다. 눈동자 속 민혁은 긴장한 얼굴로 열심히 피리를 불고 있었다.

'혹시 이 음악이 효과가 없는 건 아닐까?'

그런 생각이 들자 민혁은 더욱 공포에 질렸다.

'그 마녀가 제대로 된 처방을 준 게 아니라면?'

두려움 속에서도 피리 소리는 계속 울려 퍼졌다. 민혁과 용은 그렇게 한동안 서로를 바라보고 있었다.

그때 갑자기 용이 눈을 깜빡였다. 민혁이 서서 들어갈 만큼 커다란 눈동자가 잠깐 눈꺼풀 아래로 사라졌다.

용은 곧바로 눈을 떴지만 이번에는 눈꺼풀이 눈을 반쯤 가린 상태였다. 그 모습을 본 민혁은 한 걸음 앞으로 다가갔다. 계속해서 울려 퍼지는 피리 소리에 용이 다시 눈을 감았다. 용은 졸음을 참지 못하고 있었던 것이다.

용의 눈이 다시 스르르 감겼다. 곧이어 용은 턱도 땅에 내려놓았다. 용이 완전히 눈을 감은 후에도 민혁은 계속해서 피리를 연주했다.

10분 정도 반복해서 피리를 불고 난 뒤 민혁은 조심스럽게 피리를 입에서 뗐다. 용은 여전히 잠들어 있었다.

민혁은 다시 기둥 옆으로 다가가 자신이 내려놓았던 살용궁을 집어 들었다. 그리고 화살통에서 화살을 하나 꺼내 활시위를 당기려다 멈칫했다.

'정말 이걸 죽여야 하는 거야?'

손이 떨렸다. 하지만 민혁은 마녀에게 붙잡혔을 때 팔뚝을 파고들던 그 날카로운 통증을 떠올렸다.

'정신 차려. 용을 죽이지 않으면 한 달 후에 내가 죽어.'

민혁은 다시 활시위를 당기고 용의 미간을 겨냥했다. 미간 정중앙에는 비늘 한 조각이 떨어져 나간 것처럼 아주 작은 홈이 파여 있었다. 그곳이 용의 첫 번째 급소였다.

용은 여전히 평화롭게 잠들어 있었다. 민혁은 침을 삼켰다.

'이 친구는 누구에게도 해를 끼치지 않고 이곳에서 조용히 살고 있었는데, 돈 때문에 얘를 죽여도 되는 거야?'

마음속에서 한 줄기 동정심이 피어올랐다. 그는 처음으로 용이 불쌍하다고 느꼈다.

'하지만 금 백 근이 없으면 내가 죽잖아. 달리 어쩔 수가 없는데 어떻게 해……'

민혁은 활시위를 당긴 채 한동안 그렇게 서 있었다. 그리고 한참을 고민한 끝에 결국 활을 쏘았다. 화살이 날아가 용의 미간에 있는 작은 홈 안으로 빨려 들어갔다. 완벽한 명중이었다.

바로 그 순간 용이 번쩍 눈을 떴다. 민혁은 놀라 주저앉고 말았다.

용의 검은 눈동자 주변에 핏발이 서 있었다. 하지만 용은 움직이지 않았다. 대신 용의 몸 깊은 곳에서 우르릉거리는 신음이 흘러나왔다.

'음악 때문에 온몸이 마비되어서 움직이지 못하는 거구나.'

민혁은 일어나 다시 활을 쥐고 화살을 메겼다. 그리고 용의 얼굴에 있는 다른 급소를 향해 겨눴다.

그 순간 용의 까만 눈동자가 공포에 질려 흔들렸다. 그걸 본 민혁 역시 덩달아 놀라며 활을 거뒀다. 그는 지금까지 용이 공포를 느낄 거라고는 상상도 하지 못했던 것이다.

용의 얼굴이 일그러졌다. 용의 커다란 눈에 비친 민혁의 얼굴도 일그러졌다.

민혁은 잠시 주저하다 다시 활을 당겼다. 시간을 끌면 음악의 마력이 풀려 용이 다시 움직일 수도 있었다. 민혁은 공포에 질린 용의 눈을 보지 않으려고 애쓰면서 용의 얼굴에 있는 다른 급소를 향해 화살을 날렸다.

화살은 이번에도 적중했다.

용은 온몸을 떨기 시작했다. 다시 세 번째 화살을 메기던 민혁의 손이 멈췄다. 용의 커다란 눈에서 눈물이 흐르고 있었던 것이다.

민혁은 잠시 머리가 멍해졌다. 부모님이 남긴 그 어떤 기록에도 용이 눈물을 흘릴 수 있다는 말은 없었다.

민혁은 한 손으로 이마를 감쌌다. 그는 여기까지 오면서 한 번도 생각해 본 적이 없는 문제에 직면해 있었다.

'어떡하지? 미치겠네.'

그는 떨리는 손으로 다시 활시위를 당기려다 활을 도로 내려뜨렸다.

"아 진짜……."

민혁은 식은땀을 닦으며 생각했다.

'침착하자. 내가 여기 왜 왔는지 생각해. 쟤를 죽이지 않으면 내가 죽어.'

그는 허리를 펴고 다시 활시위를 당겼다.

그때였다.

"제발 그만해……."

용이 말했다.

민혁은 깜짝 놀라 시위를 놓치고 말았다. 그 바람에 화살이 날아가 용의 급소가 아닌 얼굴에 맞고 튕겨 나갔다.

"제발……."

용의 목소리는 보기와 달리 부드러웠다. 용은 입을 벌리고 안간힘을 쓰며 힘겹게 띄엄띄엄 말하고 있었다.

"난 아무 짓도 하지 않았잖아…… 왜 날 죽이려는 거야?"

용은 계속해서 눈물을 흘리고 있었다. 눈물이 가득 괸 용의 눈동자에 비친 민혁 역시 망연자실한 얼굴이었다.

"죄송해요."

민혁은 목이 멘 목소리로 말했다.

"진짜 죄송해요. 근데 어쩔 수가 없어요."

"도대체 왜……."

용의 목소리에서 깊은 고통과 절망이 배어 나왔다. 그 순간 민혁은 용의 목소리가 어린 시절에 들었던 부모님의 목소리와 어딘가 비슷하다는 느낌을 받았다. 이해할 수 없는 일이었다. 왜 갑자기 부모님이 생각나는 걸까? 민혁은 다시 이마에 흐르는 식은땀을 닦았다.

"그게 그러니까…… 저도 선생님을 죽이고 싶지 않아요. 정말이에요. 단지 선생님을 죽이지 않으면 제가 죽거든요."

용이 눈물이 괸 눈을 깜박였다.

"저희 부모님이 옛날에 마녀와 계약을 했어요. 부모님은 용 사냥꾼이었는데, 마녀에게 용을 마비시키는 음악을 얻는 대가로 금 백 근을 주기로 했어요. 그리고 용을 잡으러 이 산으로 왔다가 실종되었죠. 근데 부모님과 계약한 마녀가 최근에 저를 찾아왔어요. 부모님이 주겠다고 한 금 백 근을 내놓지 않으면 저를 산 채로 박제로 만들어 버리겠다는 거예요."

민혁은 한숨을 내쉬었다.

"근데 마침 여왕이 용의 여의주를 갖고 오는 사람에게 엄청난 보물을 주겠다고 발표했거든요. 그래서 그런 거예요. 마녀와 계약하면 도망칠 방법이 없거든요."

민혁은 고개를 들고 용의 얼굴을 바라보았다. 용의 얼굴은 고통으로 잔뜩 일그러져 있었다.

"진짜 죄송해요. 근데 선생님의 여의주를 갖고 가지 않으면 전 산 채로 박제가 될 거라서…… 정말 죄송해요."

"제발 날 죽이지 마……."

"죄송해요. 근데 저도 어쩔 수가 없어요."

"제발……."

용은 눈물을 흘리며 말했다. 그 모습에 민혁의 눈에도 눈물이 고였다. 민혁은 눈물을 훔쳤다. 한동안 침묵이 흘렀다.

한참을 울던 용이 말했다.

"정 그러면 내 여의주만 가져가면 되잖아."

"네?"

"내 여의주만 가져가면 되잖아. 날 죽일 필요는 없잖아."

그 말에 민혁은 입이 딱 벌어졌다.

"근데 여의주를 저한테 주시면 선생님은 죽는 거 아니에요?"

"죽지는 않아. 다만 여의주를 잃은 용은 날지 못하고 비바람을 다스리지 못해. 불을 뿜지도 못하고."

"아, 그렇구나…… 그건 몰랐어요. 저희 부모님이 남긴 기록에 그런 내용은 없었거든요."

용이 고통을 애써 참는 목소리로 말했다.

"여의주가 있어야 네가 살 수 있다고?"

"네."

"그럼 내 여의주를 줄게. 그러니까 제발 날 죽이지 마. 이 화살도 뽑아줘."

민혁은 잠시 얼빠진 얼굴로 용을 바라보다가 물었다.

"정말인가요? 그렇다면 저야 좋은데."

"다만 확실히 해둘 게 있어."

용이 말했다.

"뭔데요?"

"내가 너에게 여의주를 주면 네가 날 해치지 않는 게 확실해?"

"네? 당연하죠."

"그걸 내가 어떻게 믿어?"

용이 울먹이는 목소리로 말했다.

"여의주를 받은 다음에 네가 다시 화살을 쏴서 날 죽일 수도 있잖아."

"아…… 아니에요! 절대 그러지 않을게요. 정말이에요."

"설령 지금 당장 날 죽이지 않더라도 나중에 다시 와서 날 죽일 수도 있잖아."

민혁은 생각에 잠겼다. 용의 말에 일리가 있었다. 여의주뿐만 아니라 용의 모든 건 엄청난 가치가 있었다. 용으로서는 민혁이 자신의 여의주뿐만 아니라 수염과 뿔부터 시작해 자기 몸의 모든 걸 탐내고 있다고 생각하는 것일 수도 있었다.

민혁은 지금 자신이 용보다 유리한 상황임을 깨달았다. 용은 움직이지 못하고, 자신은 화살이 여러 발 있었다. 그는 지금 용이 얼마나 큰 공포를 느끼고 있는지 비로소 알 수 있었다. 지금 용은 그보다 한없이 작은 민혁 앞에 다쳐서 움직이지 못하는 병아리와 같은 상태였던 것이다.

"진짜예요. 여의주만 주신다면 죽이지 않을게요. 화살도 뽑아 드릴게요."

"내가 그 말을 어떻게 믿어? 네가 또 다른 무기를 갖고 있을지 모르잖아. 네가 여의주 이상을 원하는 것일 수도 있고."

민혁은 고민에 빠졌다. 용을 어떻게 설득하지?

"그럼 이렇게 해."

용의 목소리가 고민에 잠긴 민혁을 깨웠다.

"나랑 '불의 계약'을 맺자."

"불의 계약이요? 그게 뭐죠?"

"원래는 용과 용 사이에 맺는 계약인데, 용과 인간 사이에도 맺을 수 있어."

용이 천천히 설명했다.

"일종의 마법의 계약이지. 이 계약을 하면 약속을 어길 시 몸이 저절로 불에 타 사라지게 돼."

"그런 게 있어요?"

"그래. 난 너에게 여의주를 줄 테니 네가 여의주를 받으면 내 몸에 박힌 화살을 뽑아주는 거야. 그리고 우린 서로를 절대 해치지 않는 것이고."

민혁은 잠시 생각에 잠겼다. 혹시 이 용이 자신을 속이는 건 아닐까? 불의 계약이라는 건 들어본 적이 없는데.

민혁은 용의 크고 검은 눈동자를 바라보았다. 그 눈에는 아파서 괴로워하는 감정이 생생하게 묻어나고 있었다. 용이 느끼고 있는 고통은 진짜였다. 민혁은 문득 용이 자신보다 더 순수한 존재인 것 같다고 느꼈다. 용의 말처럼 용은 아무 짓도 하지 않았다. 사악한 건 민혁 자신이었다. 남의 집에 함부로 침입해 평화롭게 살고 있는 집 주인을 죽이려 하고 있었다. 그렇게 생각하자 민혁은 자신이 한 짓에 소름이 돋았다.

'세상에, 내가 지금 무슨 짓을 한 거지…….'

민혁은 고개를 끄덕였다.

"좋아요. 저와 불의 계약을 맺어요."

그러자 용은 힘겹게 얼굴을 움직였다. 용이 입을 약간 벌리는 데도 시간이 오래 걸렸다. 이윽고 용의 입에서 훅하고 불길이 뿜어져 나왔다.

민혁은 놀라 뒷걸음질 쳤다. 하지만 불길은 둥근 원이 되어 천천히 민혁의 앞으로 다가왔다. 마치 연기로 만든 도넛 같았다.

둥근 불에서 두 가닥의 선이 뻗어 나왔다. 한 가닥은 용의 눈으로 들어갔고, 다른 한 가닥은 민혁을 향해 흘러왔다.

"그 불길을 잡아."

용의 말에 민혁은 주저하며 오른손으로 가느다란 선에 손을 뻗었다. 그러자 따뜻한 온기와 함께 불길이 민혁의 팔과 연결되었다.

"네 이름이 뭐야?"

용이 물었다.

"김민혁이요."

"내 이름은 푸른달이야."

"음, 예쁜 이름이군요."

용은 목청을 가다듬고는 나지막하게 말했다.

"나 푸른달은 김민혁에게 나의 여의주를 주고, 김민혁을 영원히 해치지 않을 것을 맹세한다."

그러자 시뻘건 둥근 불이 푸르스름한 색으로 변했다. 그 모습을 신기하게 쳐다보는 민혁에게 용이 말했다.

"너도 나처럼 맹세해."

"불을 향해서 말하면 돼요?"

"응."

민혁은 헛기침을 한 번 한 뒤 말했다.

"나 김민혁은 푸른달에게서 여의주를 얻은 뒤 내가 쏜 화살을 모두 뽑은 다음, 음… 그다음에 푸른달을 영원히 해치지 않을 것을 맹세한다."

그러자 타닥거리는 소리와 함께 푸르스름한 불길이 노란색으로 변했다.

"이제 내가 셋을 세면 나랑 동시에 불을 세게 불어."

용의 말에 민혁은 둥근 불을 향해 가까이 다가갔다.

"하나, 둘, 셋."

민혁은 생일 케이크의 촛불을 끄듯 불을 세게 불었다. 용도 불을 불자 민혁의 머리칼이 휘날렸다.

그러자 노란 불은 다시 붉은색으로 변하더니 펑 하는 소리와 함께 사라졌다. 민혁과 용을 연결하던 가느다란 불길도 사라졌다. 민혁은 약간의 현기증을 느끼며 휘청거렸다.

"머리가 어지러운데, 원래 이런 건가요?"

"인간에게는 좀 힘들지."

용이 말했다.

"자, 이제 우린 불의 계약을 맺었어. 이 계약을 깨뜨린 쪽은 아까도 말했듯이 몸이 마법의 불에 타버리는 거야."

용이 강조했다.

"이제 여의주를 줄게."

그러고는 용은 다시 천천히 입을 벌렸다. 그러자 용의 입 안에서 반짝이는 무언가가 밖으로 빠져나왔다.

그것은 축구공만 한 크기의 푸른색 공이었다. 푸른 빛을 발하는 그 공은 공중에 뜬 채로 민혁에게 천천히 날아왔다. 민혁은 그것이 자신의 가슴으로 들어오자 공을 품에 안았다. 공은 생각보다 무거웠다.

"이게 선생님의 여의주인가요?"

"그래."

민혁은 신기해서 여의주를 손으로 쓰다듬었다. 여의주는 유리공보다 더 매끄러웠다.

"이제 어서 화살을 뽑아줘."

"아, 네. 그럴게요."

민혁은 바닥에 여의주를 내려놓고 용에게 다가갔다. 그는 용의 수염을 붙잡고 용의 얼굴 위로 올라타 커다란 코 위를 기어 올라갔다. 바위산을 올라가는 느낌이었다.

용은 민혁이 올라갈 수 있도록 잠자코 있었다. 하지만 용의 비늘이 미끈해서 민혁은 자꾸만 발이 미끄러졌다. 그는 간신히 용의 미간에 도달해 중앙에 박혀 있는 화살을 붙잡았다.

화살을 잡고 몸을 뒤로 당기자 화살이 쑥 뽑혀 나왔다. 그러자 용이 아픈지 신음했다. 화살촉에 붉은 피가 묻어 있었다. 민혁은 화살을 땅으로 던진 뒤 좀 더 위로 기어 올라갔다. 그곳에 두 번째 화살이 박혀 있었다.

두 번째 화살로 가는 길은 더 미끄러웠다. 민혁은 몇 번이나 미끄러져 내려온 끝에 간신히 화살에 도달했다. 그는 화살을 잡고 있는 힘껏 잡아당겼다. 화살이 뽑혀 나오면서 민혁은 용의 얼굴을 타고 굴러 내려가 땅에 떨어졌다.

"괜찮아?"

용이 물었다. 민혁은 일어나 옷을 털며 대답했다.

"네, 괜찮아요. 선생님은 좀 괜찮나요?"

용은 천천히 머리를 들더니 허공에서 머리를 한 번 흔들었다.

"응, 이제 마비에서 풀려난 것 같아. 몸이 완전히 자유로워."

그러더니 용은 나지막이 한숨을 쉬었다.

"너무 아팠어."

"죄송해요."

민혁은 고개를 주억거렸다.

"근데 여의주가 없으면 선생님은 어떻게 해요? 날지 못한다면서요."

"어쩔 수 없지. 그리고 난 원래 나는 걸 그리 좋아하지 않아. 집에만 있는 걸 좋아하거든."

"아, 그렇구나. 하긴 제 친구 중에도 그런 애들이 있어요. 놀자고 하면 집에 있는 게 좋다고 잘 나오지 않더라고요."

"난 그 마음을 이해할 수 있어. 집이 제일 좋은데 뭐 하러 밖으로 나가?"

"그렇지만 답답하지 않나요? 이렇게 동굴 속에만 있으면 많이 답답할 것 같은데."

"전혀. 내 궁전은 아주 넓단다."

그러면서 푸른달은 고개를 내려뜨리고 민혁과 눈을 마주쳤다.

"이제 어떻게 할 거야?"

민혁은 용의 커다란 눈을 들여다보다가 순간적으로 부끄러워져 고개를 돌렸다. 그는 자신이 방금 전까지 눈앞의 생명체를 죽이려 했음을 떠올렸던 것이다.

"여의주를 갖고 여왕에게 가려고요."

"그리고 보물을 받을 거지?"

"네."

민혁은 땅바닥에 놓아둔 여의주를 다시 집어 들었다.

"저기, 오늘 일은 진짜 죄송해요."

그는 용에게 고개를 숙였다.

"정말 죄송합니다."

푸른달은 고개를 끄덕이며 한숨을 쉬었다.

"네 사과를 받아들일게. 네 목숨이 걸린 일이었으니 어쩔 수 없지. 그래도 넌 착한 인간 같구나. 여의주만으로 만족하고 나와 불의 계약을 맺었잖아."

'착한 인간이었다면 애초에 누군가를 죽이려 하지 않았겠죠.'

민혁은 생각했다.

"아무튼, 정말 죄송합니다."

"알겠어."

용의 얼굴에 기묘한 표정이 떠올랐다. 민혁은 용이 얼굴을 찡그리는 것인지 아니면 미소를 짓는 것인지 분간할 수 없었다.

"음, 그럼 이제 저 가 봐도 될까요?"

"그래."

민혁은 배낭 안에 여의주를 집어넣은 뒤 배낭을 메고 땅에 놓아둔 활과 화살통을 집어 들었다.

"다시 한번 사과드립니다. 정말 죄송합니다. 이제 다시는 찾아오지 않을게요."

"정말?"

"네?"

"인생은 어떻게 될지 알 수 없어. 혹시 모르지, 네가 다시 나를 찾아올지도."

"에이, 아니에요. 다시는 선생님을 귀찮게 하지 않을게요."

민혁은 잠시 할 말을 찾다가 허리 숙여 절했다.

"그럼 안녕히 계세요."

그리고 나서 민혁은 냉큼 줄행랑을 쳤다.

돌아가는 길은 산으로 향할 때보다 더 짧게 느껴졌다. 그건 아마도 머릿속에 온갖 생각이 넘쳐나서 그랬을 것이다.

민혁은 다시 검은 동굴을 가로질러 한참을 올라간 뒤 동굴을 빠져나왔다. 그리고 지도를 보면서 온 길을 되짚어 나갔다. 절벽 아래로 내려간 다음 숲길을 헤치고 마른 계곡을 지나 산 아래로 내려왔다. 내려오는 길에도 두 번이나 늑대 울음소리를 듣고 등골이 오싹해졌지만, 다행히도 산 아래로 내려올 때까지 한 마리의 늑대도 만나지 않았다.

산 아래로 내려온 그는 스마트폰을 꺼내 택시를 불렀다. 택시가 올 때까지 기다리는 동안 민혁은 배낭을 메고 서성거리며 생각에 잠겼다. 머릿속에서 온갖 생각이 튀어나와 그를 괴롭혔다.

평생 용을 찾아다녔던 부모님은 용을 만나지도 못하고 죽었는데, 그런 부모님을 싫어했던 자신은 용을 만나고 심지어 여의주까지 손에 넣다니. 용의 말이 맞았다. 인생은 어떻게 될지 알 수 없었다.

그리고 고통스러워하던 용의 얼굴도 떠올랐다. 아픔에 눈물을 줄줄 흘리던 커다란 까만 눈동자…… 그 눈을 생각하자 민혁은 마음이 다시 아려오는 것 같았다. 그는 고개를 흔들었다.

'대체 내가 무슨 짓을 한 거지…….'

푸른달이라는 용은 상당히 착한 성격인 것 같았다. 자신을 죽이려는 민혁에게 선뜻 여의주를 내준 것도 모자라 민혁을 쉽게 용서해 줬으니까. 그래서 민혁은 용의 선의를 생각할수록 자신이 더더욱 못된 사람처럼 느껴졌다.

'난 못된 사람 맞지 뭐.'

그는 쓸쓸하게 웃으며 생각했다.

'결과적으로 모든 게 뜻대로 이루어지긴 했네. 근데 왜 마음이 이렇게 무거운 거지.'

그때 택시가 민혁의 앞에 멈춰 섰다.

택시를 타고 시내로 나온 민혁은 다시 고속버스를 타고 서울로 돌아왔다. 고속 터미널에서 지하철을 타고 집에 왔을 때는 이미 한밤중이었다.

민혁은 현관문을 열며 중얼거렸다.

"다녀왔습니다."

아무도 없는 집 안은 민혁이 떠나기 전과 똑같았다. 민혁은 활과 화살통을 바닥에 내려놓은 뒤 배낭을 열고 여의주를 꺼냈다. 여의주는 여전히 영롱하고 은은한 푸른 빛을 내뿜고 있었다. 여의주를 쓰다듬자 매끄럽고 차가운 촉감이 기분 좋게 손가락을 훑고 지나갔다.

민혁은 여의주를 잠시 안고 있다가 소파에서 일어났다. 배가 고팠다. 그는 먹을 게 있나 찬장을 뒤적였다.

저녁을 라면으로 때운 다음 씻고 잠옷으로 갈아입은 뒤 민혁

은 이불 위에 드러누웠다. 그리고 여의주를 자신의 머리맡에 둔
채 잠이 들었다.

궁
전

창문으로 들어오는 아침 햇살에 민혁은 눈을 떴다. 그는 눈을 뜨자마자 재빨리 머리맡을 쳐다봤다. 여의주는 그곳에 그대로 놓여 있었다.

여의주를 보고 민혁은 안심하며 다시 누웠다. 하지만 잠을 더 잘 생각은 없었다. 지난밤 꿈속에서 용이 나왔기 때문이다. 용은 화살에 맞고 아프다며 몸을 데굴데굴 구르고 있었다. 민혁이 진정하라고 소리쳤지만 용은 계속 소리 내어 울었다.

"난 아무 짓도 하지 않았는데 나한테 왜 이러는 거야?"

민혁은 그 말에 할 말을 찾지 못해 우물쭈물하다 잠에서 깨어났다. 그는 한숨을 쉬었다.

"별 이상한 꿈도 다 있네."

민혁은 손을 뻗어 충전기에 꽂아둔 스마트폰을 뽑았다. 스마트폰으로 할 일이 있었지만 그는 습관처럼 휴대전화를 켜자마자 인스타그램부터 들어갔다.

그는 친구들이 방학을 어떻게 보내는지 대충 보다가 웃기는 사진 몇 장을 본 다음에 연예 기사를 몇 개 보고, 그다음에야 할 일이 생각나 인스타그램을 나왔다.

그는 포털 사이트에서 왕궁 전화번호를 검색한 뒤 번호를 눌렀다. 통화음이 몇 번 이어진 뒤 한 남자가 전화를 받았다. 민혁은 긴장한 목소리로 말을 꺼냈다.

"안녕하세요, 제가 최근에 용의 여의주를 찾았거든요. 그래서 이걸 여왕 폐하에게 전해 드리려고 하는데 어떻게 하면 될까요?"

"궁전으로 직접 가져오시면 됩니다. 성함이 어떻게 되시죠?"

"김민혁이요."

"여의주를 갖고 궁전에 오셔서 본인의 성함을 대시면 안내해 드릴 겁니다."

남자는 사무적이지만 친절하게 설명했다. 민혁은 고맙다고 한 뒤 전화를 끊었다.

'음, 생각보다 간단하군.'

민혁은 일어나 아침을 대충 먹고 씻은 뒤 장롱을 열었다. 그는 자신이 가진 옷 중 제일 좋은 옷을 고르느라 시간을 한참 보냈다. 여왕을 만나게 될 테니 최대한 신경 써서 옷을 입어야 했다.

결국 민혁은 차분한 스타일로 옷을 입기로 했다. 그는 진한 청바지에 하얀색 셔츠를 입고 꼼꼼하게 머리를 빗었다. 그리고 책가방에 여의주를 넣은 뒤 가방을 메고 집을 나왔다.

어렸을 때 부모님과 함께 궁전에 몇 번 가본 적은 있었다. 하지만 전부 궁전의 커다란 대문 앞에서 사진만 찍고 돌아왔을 뿐 궁 안으로 들어간 적은 한 번도 없었다. 궁전은 특별한 날을 제외하고는 일반인에게 개방되지 않았고, 그마저도 일부만이 개방될 뿐이었다.

지하철을 타고 가는 내내 민혁은 가슴이 쿵쾅거렸다.

'아, 왜 이렇게 떨리는 거지.'

여왕을 만나면 무슨 말을 하지? 뭐라고 인사해야 할까? 여왕은 TV나 공공기관의 초상화에서 보던 모습과 똑같을까? 그의 주변에는 여왕을 직접 만난 사람이 아무도 없었다. 그는 용을 만나러 갈 때보다 여왕을 만나러 가는 지금이 더 떨렸다.

지하철에서 내리자 탁 트인 넓은 광장이 나타났다. 부모님과 몇 번 놀러 온 이후로 이 중앙 광장에 온 것은 몇 년 만이었다. 그는 광장을 똑바로 가로질러 가 궁전의 대문에 도달했다.

대문 앞에 서 있던 근위병 두 명이 그를 보고 물었다.

"무슨 일이십니까?"

"용의 여의주를 갖고 왔어요. 폐하에게 전해 드리려고요."

근위병은 잠시 서로의 얼굴을 보더니 말했다.

"들어가시죠."

근위병들이 문을 열자 커다란 대문이 천천히 열렸다. 민혁은 고맙다고 말하며 대문 안으로 들어갔다. 문 안으로 들어가자마자 문 옆에 서 있던 정장을 입은 여자가 민혁에게 다가왔다.

"무슨 일이시죠?"

"용의 여의주를 폐하에게 드리려고요."

"이쪽으로 오십시오."

민혁은 여자를 따라가며 사방을 둘러봤다. 궁전 대문을 지나 안으로 들어온 것은 이번이 처음이었다. 이곳에는 왕실의 문장이 그려진 작고 둥근 잔디밭이 가운데에 있었고, 잔디밭을 중심으로 양쪽으로 넓은 길이 휘감고 있었다. 그 길은 또 다른 커다란 문으로 이어졌다.

민혁은 자신이 그 문으로 가리라고 생각했지만, 여자는 민혁을 데리고 정문 옆에 있는 작은 건물 안으로 들어갔다.

건물 내부는 회사 사무실을 연상케 하는 공간이었다. 사람들이 자리에 앉아 컴퓨터 모니터를 보며 일하고 있었다.

여자는 사무실 중간쯤에 앉아 있는 사람에게 민혁을 데리고 갔다. 모니터를 보고 있던 중년의 남자가 고개를 돌리자 여자가 말했다.

"용의 여의주를 가져오셨다고 합니다."

남자는 피곤한 표정으로 자리에서 일어나 민혁을 데리고 한쪽의 책상으로 갔다.

"여의주를 갖고 오셨다고요?"

“네.”

“좀 볼 수 있을까요?”

민혁은 재빨리 가방에서 여의주를 꺼냈다. 여의주를 본 남자의 눈썹이 살짝 치켜 올라갔다. 민혁이 책상 위에 여의주를 올려놓자 남자는 여의주를 들고 이리저리 살펴보더니 물었다.

“이게 용의 여의주라고요?”

“네.”

“이걸 어떻게 구하셨습니까?”

“그러니까…… 용과 계약을 했어요.”

“계약이요?”

“네. 용과 불의 계약을 해서 용을 살려주는 대가로 그분에게 이 여의주를 받았어요.”

남자는 잠시 민혁과 여의주를 번갈아 보더니 말했다.

“알겠습니다. 서류 좀 작성해 주시겠어요?”

남자는 자신의 책상에 가서 종이 한 장을 가져왔다. 신상 정보를 적는 종이였다. 민혁은 자신의 이름과 전화번호, 주소 등을 그 종이에 적었다. 민혁이 종이를 다 채우자 남자가 말했다.

“수고하셨습니다. 이제 이 물건은 저에게 맡겨주시고 집에 가서 기다리시면 됩니다.”

“네?”

민혁은 당황해서 물었다.

"여왕 폐하를 만나는 거 아닌가요?"

"이게 진짜 여의주가 맞는지 과학자들이 검사한 다음에 저희가 연락드릴 겁니다."

"이건 진짜 여의주 맞아요."

"예, 그래서 저희가 검사해 보려고요."

남자가 다시 피곤한 표정으로 말했다.

"진짜가 맞으면 폐하를 뵐 수도 있겠죠."

"어…… 그러면 이제 어떻게 하면 되는 거죠?"

"말씀드린 대로 집에 가서 기다리시면 됩니다."

민혁은 엉거주춤 일어나 책가방을 둘러멨다. 남자는 그에게 잘 가라고 한 뒤 여의주를 갖고 자신의 자리로 돌아가 의자에 앉았다. 민혁은 그가 여의주를 책상 위에 올려놓은 채 다시 모니터를 들여다보는 모습을 한동안 바라보다 문밖으로 나왔다.

다시 근위병들이 지키고 있는 대문으로 나오면서 민혁은 불안한 마음이 들었다.

'아까 그 아저씨가 여의주를 여왕 폐하에게 전해주지 않으면 어떡하지?'

그렇게 되면 목숨을 걸고 한 모험이 물거품이 되는 것이다. 민혁은 어이가 없어 헛웃음이 나왔다.

'여왕을 만나게 될 줄 알고 잔뜩 꾸미고 왔는데.'

하긴, 생각해 보면 용의 여의주라면서 뭔가를 들고 오는 사람이 전국에서 한두 명이 아닐 것이다. 민혁은 자신이 어리석었다는 것을 깨달았다.

'저걸 들고 곧바로 여왕을 만나게 되리라고 생각했다니, 나도 참 순진했군.'

민혁은 다시 지하철역으로 들어가 전철을 탔다. 그는 스마트폰을 잠시 만지작거리다가 전원을 끄고 전철 의자에 몸을 파묻었다. 여왕을 만나기 위해 잔뜩 긴장하고 왔던 터라 긴장이 풀어지자 피곤해졌다.

궁전에 갔다 온 당일도, 그다음 날에도 연락은 오지 않았다. 민혁은 어렸을 때 읽은 『탈무드』 속 이야기 한 편이 생각났다. 궁전에서 올 왕의 연락을 기다리는 사람들에 관한 이야기였다.

미리 준비하고 있던 사람은 연락받자마자 곧장 궁전으로 가서 왕과 함께 만찬을 즐겼지만, 게으른 사람들은 만찬이 끝났을 때야 궁전에 도착했다는 이야기였다. 이 이야기의 교훈은 왕에게 언제 연락이 올지 모르니 항상 집에서 기다려야 함을 의미했다. 민혁이 이해하기로는 그랬다.

하지만 하루 종일 집에만 있는 건 좀이 쑤시는 일이었다. 특히 친구에게서 놀자고 연락이 올 때는 더욱 그랬다.

"뭐 하나?"

나흘째 되는 날 철진이 전화했다.

"여왕의 연락을 기다리고 있어."

"나와. PC방이나 가자."

보라색 반소매 티셔츠를 입은 철진은 민혁의 집 앞에서 기다리고 있었다. 오후에 학원에 가기 전에 잠깐 시간을 내 민혁을 만나러 온 것이다. 민혁은 철진의 손을 잡고 악수했다.

"다시 만나서 반갑다. 널 다시는 못 보는 줄 알았어."

"무슨 일 있었나?"

PC방을 향해 걸어가면서 민혁은 자신이 용을 찾아간 이야기를 들려줬다.

"그래서 용한테 죽거나 늑대한테 죽거나, 아무튼 그럴까 봐 난 마음의 각오를 했지."

"그럼 떠나기 전에 우리한테 말을 해주지. 송별회라도 열었을 텐데."

"그러면 더 떠나기 힘들 것 같아서 말 안 했어."

"그래서 진짜로 용을 만났다고?"

"응. 용한테서 여의주를 얻어서 궁전에 전달하고 왔어."

철진이 볼에 바람을 넣으며 말했다.

"솔직히 말하면, 전혀 믿기지 않아. 네가 막 허풍을 치는 성격은 아니지만."

"그럴 것 같았어."

"혹시 용 사진 찍은 거 있어?"

그 말에 민혁이 이마를 짚었다.

"아, 그러고 보니 용 사진을 안 찍었네."

"아니, 용을 만났으면 당연히 사진부터 찍었어야지. 폰 놔뒀다 뭐해?"

"그러게. 확실한 증거가 됐을 텐데, 아쉽다."

"유일한 증거인 여의주는 지금 너한테 없다고?"

"응. 궁전에 있어."

"그럼 결국 네 말을 믿을 수가 없잖아."

민혁은 어깨를 으쓱했다.

"근데 진짜야. 믿고 안 믿고는 네 자유지만."

"그럼 그냥 그렇다고 치자."

그들은 자주 가는 PC방에 들어가 자리에 앉았다. 컴퓨터를 켜며 민혁이 물었다.

"있잖아, 만약 네가 여왕이 가진 보물의 절반을 갖게 된다면 뭘 할 거야?"

"글쎄, 그렇게 큰돈으로 뭘 할지는 생각해 본 적 없는데. 우리나라 여왕이 세계 최고의 부자잖아."

"그렇지."

"여왕의 보물 절반이라면 정말 상상도 못 할 정도로 큰돈일 텐데, 평생 다 쓰지도 못하고 죽겠다. 그냥 돈 쓰는 재미로 살 것 같은데?"

"그게 다야?"

"그리고 뭐…… 더 이상 공부 안 해도 되겠지. 취직하려고 대학 가려는 거고, 대학 가려고 공부하는 건데 돈이 그렇게 많으면 더는 취직 걱정할 필요 없잖아."

민혁은 고개를 끄덕였다.

"돈 많은 백수가 되는 거네."

"그렇지, 돈 많은 백수. 좋잖아?"

"나 저번에 장래 희망으로 돈 많은 백수라고 썼다가 담임한테 혼났는데."

"왜 혼나?"

"그냥 뭐랄까……."

민혁은 게임 아이콘을 클릭하며 중얼거렸다.

"잘 모르겠어. 담임은 뭔가 좀 더 가치 있는 삶을 원하는 것 같았어."

"가치 있는 삶이라…… 근데 가치 있는 삶이 뭘까? 그걸 먼저 알려주고 그런 말을 하던가."

민혁은 어깨를 으쓱했다.

"모르겠다. 롤이나 하자."

민혁과 철진은 게임을 한판 한 뒤 다시 한 판을 더 했고, 그들은 두 판 모두 졌다.

"오늘따라 잘 안 풀리네."

그렇게 중얼거리며 세 번째 판을 막 시작하는데 갑자기 민혁의 스마트폰이 울렸다. 민혁은 키보드 옆에 놓아둔 스마트폰을 집었다.

"뭐야, 모르는 번호네."

민혁은 두 손으로 키보드와 마우스를 잡은 채 휴대전화를 어깨에 대고 전화를 받았다.

"여보세요?"

"김민혁 선생님이십니까?"

낯선 남자의 목소리였다.

"네. 누구시죠?"

"저는 여왕 폐하의 집사입니다."

그 말에 민혁의 손이 멈췄다.

"폐하께서 선생님을 뵙고 싶어 하십니다."

"아…… 언제요?"

"오늘 시간 되십니까?"

민혁은 철진에게 양해를 구하고 바로 PC방을 뛰쳐나갔다. 그가 부리나케 집으로 달려가니 그의 아파트 앞에는 기다란 검은색 리무진이 세워져 있었다. 리무진 앞에 서 있던 양복을 입은 남자가 민혁에게 말을 걸었다.

"김민혁 선생님?"

민혁은 긴장한 표정으로 고개를 끄덕였다.

"저는 여왕 폐하께서 보내신 사람입니다. 선생님을 궁전으로 모셔 오라는 명령을 받았습니다."

"지금요?"

남자는 공손하게 고개를 끄덕였다.

민혁은 자신의 모습을 내려다보았다. 검은 티셔츠에 반바지, 그리고 샌들을 신은 차림이었다.

'여왕에게 이런 꼴을 보여줄 수는 없는데.'

하지만 그는 남자에게 옷을 갈아입어야 하니 기다리라는 말을 하기가 겁이 나서 우물쭈물하다가 대답했다.

"네, 출발하시죠."

민혁을 태운 리무진은 아파트 단지를 벗어나 궁전을 향해 달렸다. 민혁은 차 안에서 안절부절못하며 창문 밖을 내다봤다. 평범한 평일 오전이라 시내는 한가했다. 리무진은 어느새 민혁이 며칠 전에 왔던 중앙 광장에 도달했다.

광장을 지나 궁전 대문 앞에 서자 근위병들이 문을 열어줬다. 차는 대문을 지나 왕실 문장이 그려진 잔디를 둘러싼 도로를 지나 두 번째 대문 앞에 섰다. 잠시 후 문이 열리자 민혁의 눈앞에 거대한 정원이 펼쳐졌다.

차는 정원의 한가운데를 가로지르는 길을 따라 천천히 달렸다. 민혁은 창문에 얼굴을 바짝 붙이고 밖을 감상했다. 드넓은 정원에는 각양각색의 아름다운 꽃이 흐드러지게 피어 있었다.

"진짜 크다……."

민혁은 자기도 모르게 중얼거렸다.

정원을 지난 후 차가 멈춰 섰다. 양복을 입은 남자가 말했다.

"선생님, 도착했습니다."

민혁이 문을 열기 전에 먼저 밖에 서 있던 사람이 차 문을 열어줬다. 궁전 직원인 듯했다. 민혁은 감사하다고 중얼거리며 차에서 내렸다.

직원은 민혁을 데리고 궁전의 본관 안으로 들어갔다. 정문 안으로 들어가자 공항에서 볼 법한 검색대가 설치되어 있었다. 직원들이 시키는 대로 민혁은 주머니에서 휴대전화를 꺼내 옆에 놓은 뒤 금속 탐지기를 통과했다.

절차를 마친 후 직원은 민혁을 데리고 긴 복도를 걸어갔다. 그들은 붉은 융단이 깔린 복도 끝에 있는 엘리베이터를 타고 위로 올라갔다. 민혁은 엘리베이터 안에서 안절부절못하며 서 있다가 엘리베이터가 멈추자 그때까지 참고 있던 숨을 내쉬었다.

그들은 다시 긴 복도의 끝에 있는 문까지 걸어갔다. 문 앞에 근위병 두 명이 서 있었다. 근위병은 직원과 민혁을 보자 미리 기다리고 있었다는 듯 문을 노크하고 안으로 들어갔다. 그리고 몇 초 후 다시 밖으로 나와 말했다.

"폐하께서 들어오라고 하십니다."

옆에 있던 직원이 가만히 서 있길래 잠시 가만히 있던 민혁은 그제야 혼자서 방 안으로 들어오라는 말임을 깨달았다. 민혁은 후들후들 떨리는 다리를 떼어 방 안으로 들어갔다.

여
왕

그곳은 민혁이 살면서 한 번도 보지 못한 크고 호화로운 방이었다. 민혁의 집보다 이 방이 더 커 보였다.

방 안에는 커다란 책장이 벽에 늘어서 있었고 곳곳에 액자 몇 점이 걸려 있었다. 하지만 그중에서도 가장 눈에 띄는 건 민혁과 마주 보는 벽에 걸린 거대한 용 그림이 그려진 족자였다.

그 족자는 길이가 민혁의 키보다 더 길었는데, 푸른 용 한 마리가 구름을 지나 하늘로 승천하는 그림이었다. 민혁은 그림 속의 용을 보는 순간 자신이 동굴 안에서 만났던 푸른달이 떠올랐다.

족자 앞에는 커다란 목제책상이 놓여 있었는데, 책상 위에는 컴퓨터 한 대와 서류 더미가 쌓여 있었다. 그리고 책상 앞에는 한 소녀가 앉아 서류를 읽고 있었다. 민혁이 들어오자 소녀는 서류에서 눈을 떼고 민혁에게 시선을 돌렸다.

민혁은 마른침을 삼켰다. 여왕은 초상화와 똑같은 모습이었다.

갸름하고 하얀 얼굴에 길고 커다란 눈매가 도드라지는 인상이었다. 민혁은 여왕이 자신과 동갑임을 알고 있었다. 직접 만난 여왕은 딱 그 나이대의 고등학생처럼 보였다.

민혁을 본 여왕의 입이 벌어졌다. 여왕의 얼굴에 놀라움이 번졌다. 민혁은 여왕이 왜 놀라는지 알 수 없었지만, 여왕이 놀라는 것을 보자 더욱 긴장되었다.

'왜 저러는 거야……'

잠시 민혁을 바라보던 여왕은 자기도 모르게 중얼거렸다.

"정말 잘생겼다……"

그리고 여왕은 자신이 너무 크게 중얼거렸음을 깨닫고 얼굴을 붉힌 채 재빨리 자리에서 일어났다. 여왕은 하얀 셔츠에 검은 리넨 바지 차림이었다. 민혁은 여왕이 생각보다 키가 크다고 생각했다.

여왕이 민혁에게 다가와 손을 내밀었다.

"김민혁 선생님이시죠?"

"아, 네."

민혁은 재빨리 공손하게 두 손으로 여왕의 손을 잡았다.

"만나서 반갑습니다. 전 이린이라고 합니다."

여왕은 민혁의 손을 잡고 가볍게 흔들었다.

"이렇게 젊은 분일 줄은 몰랐어요. 실례지만 나이가 어떻게 되시죠?"

"고2예요."

그 말에 여왕의 얼굴에 커다란 미소가 번졌다.

"우와, 저랑 동갑이네요."

민혁은 멋쩍게 고개를 끄덕였다.

"자, 여기 앉으시죠."

여왕은 민혁을 이끌고 책상 옆에 있는 소파에 앉혔다. 여왕이 자신의 옆에 앉자 민혁은 긴장해서 헛기침을 했다.

"선생님이 가져오신 여의주를 저희 과학자들이 분석한 결과, 용의 여의주가 확실하다는 결론을 내렸습니다. 여의주를 어떻게 구하셨는지 말씀해 주시겠어요?"

"그게…… 직접 용을 만나서 얻었어요."

"용을 직접 만나셨다고요?"

여왕이 눈을 동그랗게 뜨며 물었다.

"어떻게 해서 용을 만나셨나요?"

그래서 민혁은 설명을 시작했다. 그는 자신의 가문이 대대로 용 사냥꾼이었다는 이야기부터 시작해 부모님이 실종된 일, 지난주에 마녀가 찾아온 일, 그리고 용을 만나러 간 일까지 모두 설명했다. 마침내 용을 찾아내 용과 불의 계약을 맺은 일까지 말하고 나자 여왕은 입을 다물지 못했다.

"제가 평생 들은 것 중 가장 놀라운 이야기예요."

민혁은 부끄러워서 고개를 숙였다.

"선생님은 정말 대단한 용사로군요."

그 말에 민혁은 어색하게 웃었다.

"여의주를 가져오셨으니 약속대로 선생님에게 제가 가진 모든 보물의 절반을 드리겠습니다. 지금 제 보물 창고로 가서 한 번 보시겠어요?"

민혁이 뭐라고 말해야 할지 우물쭈물하고 있는데 여왕이 민혁의 손을 잡고 이끌었다.

"자, 따라오시죠."

민혁이 여왕과 함께 방을 나가자 문밖에 서 있던 직원 몇 명이 여왕을 따라왔다. 여왕과 민혁, 그리고 수행원들은 복도 끝에 있던 엘리베이터를 타고 아래로 내려가기 시작했다.

엘리베이터 안에서 여왕이 물었다.

"그럼 지금 현재 고등학생이신 거군요?"

"네."

"사시는 곳은 어딘가요?"

"양천구에 살아요."

"오, 여기서 그렇게 멀지는 않네요."

여왕이 이것저것 물어볼 때마다 민혁은 예의 바르게 대답했다. 그사이 엘리베이터는 지하로 한참을 내려가 멈췄다. 문이 열리자 민혁의 앞에는 밝은 하얀색 복도가 펼쳐졌다.

복도 중간에 앉아 있던 경비원들이 여왕을 보고 재빨리 일어나 고개를 숙였다. 여왕은 그들에게 가볍게 고개를 끄덕인 후 민혁과 함께 복도 끝에 있는 커다란 강철 문까지 걸어갔다.

여왕이 문에 설치된 지문 인식기에 손바닥을 올려놓자 기계가 여왕의 지문을 인식하고 삑 하는 소리를 냈다. 여왕은 다음으로 비밀번호를 누른 후 버튼을 눌렀다. 그러자 거대한 강철 문이 육중한 소리를 내며 저절로 열렸다.

그 너머 펼쳐진 광경에 민혁은 순간적으로 숨이 막혔다. 드넓은 방 안에 온갖 보석과 금괴가 산처럼 쌓여 있었던 것이다.

여왕은 민혁을 돌아보며 미소 지었다.

"이 중 절반은 선생님 것입니다."

민혁은 정신을 차리고 여왕에게 고개를 숙였다.

"감사합니다."

그러자 여왕은 작게 웃음을 터뜨렸다.

"제가 감사하죠."

그러더니 여왕은 옆에 있던 직원들에게 말했다.

"여의주를 가져온 용사를 환영하는 만찬을 열겠습니다. 지금 바로 준비하세요."

직원들은 알겠다며 물러갔다. 여왕은 긴장한 채 서 있는 민혁에게 말했다.

"자, 이제 밖으로 나가시죠. 우리는 저녁 식사 전까지 함께 산책이나 할까요?"

만찬은 오후 6시에 열릴 예정이었다. 그들은 함께 정원을 걸으며 저녁까지 시간을 보냈다. 여왕이 민혁에게 친구처럼 편하게 말하라고 했지만, 민혁은 자기도 모르게 자꾸 존댓말을 썼고 여왕은 그럴 때마다 웃음을 터뜨렸다.

"그럼 이제 그 마녀의 저주에서 벗어날 수 있는 거지?"

여왕이 물었다.

"네. 아, 맞아. 금 백 근을 주면 되는 거니까."

"금 백 근이면 정말 아무것도 아닌데 그것 때문에 산 채로 박제가 될 뻔했구나."

여왕의 말에 민혁은 말없이 고개를 끄덕였다.

"아무튼 정말 대단하다. 그 산까지 가서 혼자서 용을 굴복시키다니 말이야. 부모님이 용을 찾으러 갔다가 실종되셨다고 했지?"

"응."

"그래도 부모님이 못한 일을 네가 마저 해낸 거네. 부모님이 자랑스러워하실 것 같은데."

"그런가? 사실 잘 모르겠어."

"어떤 걸?"

"난 어렸을 때는 부모님이 시키는 대로 용에 대해 공부하고 활 쏘기를 연습하긴 했지만, 곧 용에 관심을 끊었거든. 부모님이 용에 집착하는 것도 싫었고. 그거 때문에 부모님이랑 그렇게 사이가 좋지는 않았어."

"음, 그렇구나."

여왕은 그렇게 대답하고는 조심스럽게 물었다.

"혹시 부모님이 보고 싶지는 않니?"

민혁은 어색하게 웃었다.

"그냥 뭐, 가끔."

여왕은 고개를 끄덕였다.

"난 부모님이 항상 보고 싶어."

선왕에 관한 이야기는 민혁도 이미 알고 있었기에 그는 아무 말도 하지 않았다.

"내가 왜 용의 여의주를 찾는다고 발표한 건지 궁금하지?"

"영생 때문에 그런 거 아니야?"

"맞아."

여왕은 정원에 핀 꽃에 손을 뻗었다. 여왕의 손이 스쳐 지나가자 작은 분홍색 꽃 한 송이가 흔들렸다.

"우리 아버지와 어머니는 몇 년 전에 거의 동시에 돌아가셨어. 아버지는 유전병이 원인이었고, 어머니는 아버지가 돌아가신 충격에 지병이 겹쳐 돌아가셨지. 원래부터 두 분 다 몸이 약한 편이었어. 하지만 그렇게 두 분이 거의 동시에 돌아가실 줄은 상상도 못 했어."

민혁은 여왕의 옆얼굴을 쳐다봤다. 여왕의 표정은 민혁의 생각과 달리 담담해 보였다. 그녀의 목소리 역시 담담했다.

"그래서 나는 채 준비도 안 된 상태에서 왕이 되었지. 그래서 많은 게 미숙했고, 아직도 많이 서툴러. 그래서 국민에게 늘 미안한 마음을 갖고 있어."

"미안해할 것까지야."

민혁이 말했다.

"넌 아주 잘하고 있어."

그 말에 여왕은 엷은 미소를 지었다.

"그렇게 말해줘서 정말 고마워. 하지만 나도 내가 많이 부족하다는 걸 잘 알고 있어. 국정을 운영하는 것도 쉽지 않은 일이지만, 부모님이 그렇게 돌아가신 이후로 나는 몇 년 동안 불안에 시달렸어. 아버지를 돌아가시게 한 병이 나한테도 있을 것 같았고, 무엇보다도 죽음이 많이 두려웠지."

여왕은 민혁을 보며 웃어 보였다.

"웃기지? 너랑 동갑인데 내가 그런 생각을 한다는 게."

"아니에요. 아니, 아니야."

민혁은 손을 저었다.

"충분히 이해할 수 있어. 나라도…… 어쨌든 이해할 수 있어."

여왕은 웃으면서 한숨을 쉬었다.

"고마워. 하지만 이해하지 못해도 괜찮아. 내가 생각해도 우스꽝스러우니까. 그렇지만 시간이 지날수록 죽음에 대한 공포가 심해졌어. 그러던 중 용의 여의주를 소유하고 지속적으로 접촉하면 불로장생할 수 있다는 사실을 알게 된 거야."

여왕은 그렇게 말하면서 민혁에게 얼굴을 돌렸다.

"여의주를 찾는다고 대국민 발표를 하긴 했지만, 그래도 큰 기대는 하지 않았어. 그런데 네가 진짜로 여의주를 갖고 와서 정말 깜짝 놀랐어. 정말 고마워. 넌 내 생명의 은인이야."

민혁은 다시 손을 저었다.

"아니에요."

"아니긴."

여왕은 작게 웃었다.

"용을 만났을 때는 두렵지 않았어?"

"많이 무서웠지."

"그 공포를 어떻게 이겨낸 거야?"

민혁은 잠시 생각하다가 대답했다.

"또 다른 공포로."

"아, 마녀에 대한 공포 말이지?"

"그렇지. 어차피 용한테 죽으나 마녀한테 죽으나 죽는 건 마찬가지니까. 그리고 마녀한테 죽는 게 더 끔찍하잖아."

민혁은 그렇게 말한 뒤 뭔가가 생각나서 말을 이었다.

"그런데 아까 네가 있던 그 방 있잖아."

"내 집무실?"

"아, 거기가 집무실이었구나. 거기서 네 뒤에 엄청 큰 용 그림이 있던데, 너도 원래 용에 관심이 많았나 보네."

"아, 그건 내가 태어나기 전부터 거기에 걸려 있던 그림이야."

여왕이 대답했다.

"너도 우리나라 건국 신화를 알지?"

"건국 신화?"

"응. 삼천 년 전에 우리 태조께서 용의 도움을 받아 외적을 물리치고 이 나라를 세우셨잖아."

"아, 맞아. 어린 시절에 많이 들어봤어."

여왕은 고개를 끄덕였다.

"태조가 나라를 세우는 걸 도와준 후 용은 하늘 높이 날아가 사라져 버렸대. 태조께서는 그 용에게 감사하는 마음을 잊지 않으셔서 궁전 곳곳에 용의 그림이나 조각상이 많이 있어."

그 말을 듣고 민혁은 웃음이 나왔지만 간신히 참았다. 하지만 여왕은 이미 민혁의 생각을 읽은 모양이었다. 여왕이 웃으며 민혁에게 물었다.

"네가 생각하기에도 내가 배은망덕하다고 느끼지? 용의 도움으로 나라를 세웠는데 그 후손인 나는 용의 여의주를 탐내다니 말이야."

"아니, 아니야. 그럴 수도 있지."

민혁은 재빨리 대답했다.

"어차피 그건 신화잖아. 아, 물론 중요한 의미가 있는 신화지만.

그리고 아무리 용이라 해도 어차피 짐승이잖아.”

그 순간 민혁은 눈물을 흘리던 푸른달이 떠올랐다. 그리고 푸른달의 고통스러워하던 목소리도. 하지만 민혁은 재빨리 그 생각을 떨쳐냈다.

“비록 용의 여의주를 찾는다는 발표를 하긴 했지만, 사실은 나역시 아직도 용이 실존하고 있을지는 확신하지 못했어. 용은 까마득한 옛날에 멸종했다는 게 학계의 일반적인 의견이니까.”

그렇게 말하며 여왕은 민혁에게 미소를 던졌다.

“그런데 네가 보란 듯이 여의주를 가져온 거지.”

민혁은 괜히 민망한 마음이 들어 머리를 긁적였다.

“학교생활은 어때?”

여왕이 화제를 돌렸다.

“좋아요. 아, 좋아. 나쁘지 않지.”

“학교에 다니면 진짜 재미있을 것 같아.”

여왕이 꿈꾸는 듯한 표정으로 말했다.

“난 어렸을 때부터 궁전에서 혼자 교육받으며 살았거든. 그래서 별다른 친구도 없어.”

“음, 그럼 좀 심심하겠다.”

“많이 심심하지. 그래서 가끔은 나도 평범한 애들처럼 학교에다니고 친구를 사귀는 상상을 해.”

“많이 힘들겠다.”

"어떤 거?"

"그러니까, 왕으로 사는 거 말이야."

여왕은 낮게 웃었다.

"힘들지. 하지만 세상에 안 힘든 일이 어디 있겠어. 그리고 세상에는 왕보다 더 힘든 일도 많을 거야."

민혁은 말없이 고개를 끄덕였다.

"그럼 내일도 학교에 가야 하는 거야?"

"아니, 지금은 여름 방학이야."

"오, 그래?"

"응. 방학한 지 얼마 안 됐어."

그러자 여왕은 잠시 머뭇거리다가 물었다.

"넌 친구가 많니?"

"그냥 평범해. 약간 있어."

"음, 그럼 여자친구도 있어?"

"아니."

"그렇구나."

여왕은 고개를 끄덕였다.

그들의 머리 위로 산뜻한 바람이 불었다. 정원의 꽃들이 살짝 흔들렸다. 여왕과 민혁은 흔들리는 꽃들 사이를 한동안 말없이 걸었다.

잠시 침묵하던 여왕이 다시 입을 열었다.

"있잖아, 이번 여름 방학을 여기서 보내는 건 어때? 궁전에서 말이야."

민혁은 여왕을 돌아봤다.

"여기서?"

"응. 내가 시간 나는 대로 궁전을 구경시켜 줄게. 어때?"

민혁이 대답을 망설이자 여왕은 재빨리 말을 이었다.

"아, 혹시 방학에도 학원에 가야 하는 거야?"

"아니, 난 학원 안 다녀. 다만 그러면 네가 좀 불편하지 않을까 싶어서."

그 말에 여왕은 미소를 지었다.

"전혀 아니야. 보다시피 우리 궁전은 아주 넓거든. 네 방도 아마 네 마음에 들 거야. 물론 네가 부담스럽다면 어쩔 수 없지만. 어때?"

방학을 궁전에서 보낼 수 있다니, 이건 정말 상상도 못 한 일이었다. 민혁은 그러고 싶다고 바로 대답하고 싶었지만, 그러면 좀 가벼운 사람처럼 보일까 봐 일부러 조금 뜸을 들인 후 말했다.

"정말 그래도 돼?"

"물론이지. 너만 좋다면."

"난 좋아."

그러자 여왕은 마음이 놓인 듯 환한 미소를 지었다.

"그럼 오늘부터 여기서 지낼래? 네 방을 마련하라고 할게."

민혁은 고맙다고 대답했다.

그날 저녁은 민혁이 지금까지 구경도 못 해본 어마어마한 음식들의 향연이었다. 민혁이 여왕과 함께 커다란 식탁에 앉아 기다리는 동안 온갖 산해진미가 연이어 나왔다. 민혁은 이것저것 젓가락으로 집어 하나씩 맛을 보느라 정신이 없었다.

"정말 맛있다."

민혁이 말했다.

"넌 이런 걸 맨날 먹는 거야?"

여왕이 젓가락을 쥔 채 웃으며 말했다.

"오늘은 좀 더 특별한 메뉴로 준비하라고 했어. 귀한 손님이 왔으니까."

줄지어 나오는 음식 대부분은 민혁이 처음 먹어보는 독특한 맛이었지만 하나같이 신비로울 정도로 맛있었다.

'내가 지금까지 먹던 건 음식이 아니었어.'

민혁은 음식을 씹으며 생각했다.

"있잖아, 원래부터 네가 부러웠지만 지금은 진짜 부럽네. 나도 왕으로 살아봤으면 좋겠다."

민혁의 말에 여왕은 웃음을 터뜨렸다.

"맛있는 걸 매일 먹을 수 있어서?"

"응."

"굳이 왕을 하지 않아도 넌 앞으로 평생 이런 걸 먹을 수 있게 될 거야."

그 말에 민혁은 자신이 여왕의 보물 절반을 손에 넣었음을 떠올렸다.

"와, 그렇네. 잊고 있었어."

"이제 부자가 되었는데 뭘 할 거야?"

여왕의 물음에 민혁은 젓가락을 쥔 손을 멈추고 잠시 생각에 잠겼다.

"솔직히 잘 모르겠어."

"그럼 평소에 하고 싶었던 건 없어?"

"글쎄, 딱히 없는데."

"넌 평소에 뭘 하고 놀아?"

"그냥 게임하거나 인터넷을 해. 너는?"

"난 놀 시간이 거의 없어."

여왕이 웃으며 말했다.

"그래서 잠깐이라도 시간이 나면 주로 휴식을 취하려고 하지."

민혁은 말없이 고개를 끄덕였다.

"평소에 하고 싶었던 게 딱히 없다면, 이루고 싶은 꿈은 있어?"

여왕의 물음에 민혁은 주저했다. 여왕에게 차마 '돈 많은 백수'라고 대답할 수는 없었다.

"그것도 없는데."

"없다고?"

"응. 내가 뭘 하고 싶은지 나도 잘 모르겠네. 바보 같지?"

민혁은 멋쩍게 웃었다.

"너는 어때? 이루고 싶은 꿈이 있어?"

민혁의 물음에 여왕은 주저하지 않고 대답했다.

"이 나라를 세계 최고의 선진국으로 만드는 거지."

"그렇구나."

민혁은 고개를 끄덕인 뒤 다시 물었다.

"그럼 있잖아, 만약 네가 왕이 아니었다면 넌 뭘 하고 싶어?"

그 말에 여왕은 생각에 잠긴 표정을 지었다. 민혁은 여왕이 대답할 때까지 그녀를 바라보았다.

"만약 내가 왕이 아니었다면……."

여왕이 천천히 입을 열었다.

"난 선생님이 되었을 것 같아."

"선생님?"

"응. 교사가 되고 싶어."

그렇게 말한 뒤 여왕은 재빨리 덧붙였다.

"물론 불필요한 가정이야. 난 국왕의 자리가 내 천직이라고 생각해."

민혁은 미소를 지었다.

"그렇게 생각한다니 다행이다. 좋아하는 일을 하고 있는 것 같아서 부럽네.”

여왕도 미소를 지었다.

“너도 곧 좋아하는 일을 찾게 될 거야.”

“그럴까?”

“물론이지. 넌 무려 용과 싸워 이긴 사람이잖아. 당연히 할 수 있겠지.”

그 말에 민혁은 어색한 미소를 지었다.

식사를 마친 후 민혁은 자신의 방으로 안내되었다. 그의 방 역시 거대하고 호화롭기 그지없었다. 민혁을 안내한 직원은 필요하면 언제든 불러달라고 한 뒤 방을 나갔다.

홀로 남은 민혁은 방 안을 천천히 둘러보다 침대 위에 걸터앉아 오늘 자신에게 일어난 일을 되새겨 보았다. 하루 만에 자신의 삶이 이렇게 바뀌었다는 게 아직도 믿어지지 않았다. 그는 이 나라의 여왕과 식사를 했고, 궁전에서 여름 방학을 보내게 되었다. 그리고 무엇보다도, 그는 이제 여왕만큼이나 부자였다.

‘나도 이런 궁전이나 하나 지어볼까?’

그는 그런 생각을 하며 슬며시 미소를 지었다.

‘여의주 하나로 이런 호사를 누리다니, 이래서 엄마 아빠가 그렇게 평생 용을 찾아다녔던 것이구나.’

부모님이 지금 이 모습을 보고 있다면 좋았을 텐데. 부모님을 생각하자 민혁은 코끝이 찡해졌다.

　잠시 그렇게 침대에 앉아 있던 민혁은 자리에서 일어나 방 옆에 붙어 있는 욕실로 들어갔다. 피곤했다. 그는 목욕을 한 후 방 안에 있는 옷장을 열고 잠옷을 꺼냈다. 옷장 안에는 그를 위해 준비된 옷이 가득했다. 잠옷은 적당히 헐렁하게 그에게 잘 맞았다.

　그는 잠옷을 입고 침대에 누워 스마트폰을 켰다. 인스타그램에 들어가자 곧바로 그의 SNS 친구들이 올린 사진들이 떴다. 멋진 장소에서 맛있는 음식을 찍은 사진이 대부분이었다.

　하지만 그는 처음으로 그들이 부럽지 않았다. 그들이 아무리 맛있는 음식을 먹고 재미있는 것을 구경했다 해도, 오늘 그가 경험한 것에 비하면 아무것도 아니었다. 그리고 앞으로 그가 누릴 것들에 비하면 오늘 경험한 것은 더욱 사소했다.

　그는 스마트폰을 침대 옆 탁자에 놓고 이불을 끌어당겼다. 그리고 자신이 앞으로 어떤 삶을 살면 좋을지 꿈속에서는 답을 얻을 수 있길 바라며 잠이 들었다.

비상사태

한 밤중에 민혁은 목이 말라 눈을 떴다. 방 안에는 마침 정수기가 있어서 그는 침대를 내려가 정수기에서 물을 마셨다.

그런데 그가 컵을 정수기 위에 올려놓으려는 순간이었다.

갑자기 귀청을 찢는 사이렌이 사방에서 울려 퍼졌다. 그 바람에 그는 컵을 바닥에 떨어뜨리고 말았다. 사이렌은 민혁이 있는 방뿐만 아니라 궁전 전체에서 울리고 있었다. 민혁은 놀라서 문을 열고 밖으로 나왔다. 아무도 없는 복도에서도 사이렌이 쟁쟁하게 울리고 있었다.

"뭐지? 불났나?"

그는 순간적으로 궁전에서 빠져나가야겠다고 판단했다. 하지만 곧 자신이 잠옷 차림임을 깨닫고 재빨리 방 안으로 들어가 옷장 문을 열고 옷장 안에 걸어둔 자신의 옷을 낚아챘다.

그가 번개같이 옷을 갈아입는 동안 복도에서 갑자기 요란한 발소리가 들렸다. 사람들이 뭐라고 소리치며 정신없이 뛰어다니고 있었다. 민혁은 옷을 갈아입고 샌들 끈을 단단히 당겨 맨 다음 다시 문을 박차고 뛰어나왔다.

복도에는 궁전 직원들이 혼비백산해서 뛰어다니고 있었다. 민혁은 지나가던 사람 한 명을 붙잡고 물었다.

"무슨 일이에요?"

"비상사태입니다, 피해야 합니다!"

그 사람은 그렇게 외치고는 복도를 계속 달려갔다. 다른 직원들 역시 고함을 지르고 있었다.

"비상사태입니다! 모두 일어나세요!"

그때 어딘가에서 총소리가 울렸다. 그 소리에 놀란 민혁은 움츠러들었다.

총소리는 한 번으로 그치지 않았다. 곧이어 사방에서 계속 총소리가 울렸다. 궁전 안에서 전쟁이라도 난 것만 같았다.

민혁은 다른 직원들을 따라 달리기 시작했다. 그런데 그가 넓은 복도의 모서리에 도착한 순간 총소리와 함께 그의 앞에서 달리던 직원 한 명이 고꾸라졌다. 그 바람에 민혁 역시 놀라 넘어지고 말았다.

복도 저 앞에서 총을 든 군인들이 이쪽으로 달려오고 있었다. 군인들이 다시 총을 쏘자 옆에 있던 다른 직원 몇 명이 쓰러졌다. 민혁은 발딱 일어나 방금 왔던 길로 도망쳤다.

총소리와 함께 사방에서 비명과 고함이 터졌다.

"여왕을 찾아라!"

민혁은 정신없이 복도를 달리다 앞에 있는 계단으로 뛰어 올라갔다. 어디로 가고 있는지 자신도 알 수 없었다. 그는 다만 총소리에서 멀어지려고 했을 뿐이었다. 하지만 총소리는 사방에서 그를 향해 달려오고 있었다.

민혁이 계단을 올라가 또 다른 복도에 들어서자 총을 든 근위병 몇 명이 민혁이 있는 쪽으로 달려왔다. 민혁은 그들을 보고 깜짝 놀라 멈춰 섰으나 그들은 민혁을 지나쳐 달려갔다.

민혁이 그들의 뒷모습을 보고 있는데 누군가 갑자기 그의 팔을 거칠게 잡아당겼다.

"김민혁 씨!"

민혁은 소스라치며 뒤돌아봤다. 그는 그 사람의 다급한 얼굴을 보고 몇 초가 지나서야 낮에 만났던 궁전의 근위병 중 한 명임을 간신히 기억해 냈다.

"이쪽으로 오십시오!"

근위병은 민혁의 대답을 기다리지 않고 민혁을 붙잡고 뛰었다. 민혁은 그에게 팔이 붙들린 채 덩달아 달렸다.

근위병과 민혁은 복도와 연결된 작은 회랑을 지나 다시 또 다른 복도로 들어갔다. 그곳에는 다른 근위병 여섯 명이 총을 들고 모여 있었다.

민혁을 끌고 온 근위병이 그들에게 민혁을 밀어붙이며 외쳤다.

"김민혁 씨를 데리고 왔습니다."

그 순간 근위병들 뒤에 있던 방문이 열리더니 잠옷 차림의 여왕이 뛰어나왔다.

"무슨 일입니까?"

여왕의 말에 근위병 한 명이 대답했다.

"폐하, 비상사태입니다. 궁전이 공격받고 있습니다."

"누구한테요?"

"자세한 건 알 수 없지만 우리 군인 것 같습니다."

"국군이 궁전을 공격하고 있다고? 이게 대체 무슨……."

여왕이 말을 마치기도 전에 민혁을 데리고 온 근위병이 앞으로 나섰다.

"폐하, 일단 몸을 피하십시오. 궁전을 빠져나가야 합니다."

그 순간 복도 저 끝에서 총소리가 터져 나왔다. 그와 동시에 총을 든 군인들이 복도 안으로 뛰어 들어왔다.

"여왕이 저기 있다!"

그들이 외쳤다.

근위병들이 여왕 앞으로 나서며 그들을 향해 총을 쐈다. 군인 몇 명이 쓰러졌다. 그와 동시에 민혁을 데리고 온 근위병이 민혁과 여왕의 팔을 잡고 방 안으로 밀어 넣었다.

"폐하, 저희가 시간을 벌겠습니다. 어서 피하십시오."

그러더니 그는 방문을 닫아버렸다.

방 안에는 민혁과 여왕 둘뿐이었다. 민혁은 한 바퀴 돌아보고 나서야 그곳이 여왕의 침실임을 알게 되었다.

"대체 무슨 일이야?"

민혁이 물었다.

"나도 모르겠어."

그때 방문 밖에서 다시 총소리가 났다. 이번에는 수십 발의 총성이 끊임없이 이어졌다. 민혁은 움츠러들며 뒷걸음질을 쳤다.

여왕이 민혁의 팔을 잡아당겼다.

"안 되겠다, 어서 피하자."

여왕은 민혁을 붙잡고 방 한쪽으로 달려갔다. 침대 옆에는 커다란 거울이 달린 아름다운 화장대가 있었다. 여왕이 화장대 아래에 있는 뭔가를 건드리자 거울이 저절로 옆으로 움직였다. 거울이 비킨 자리에는 사람이 지나갈 수 있는 커다란 구멍이 뚫려 있었다.

"비밀 통로야. 어서 들어가."

여왕이 말했다.

민혁은 화장대를 넘어가 구멍 안으로 들어갔다. 뒤따라온 여왕이 뭔가를 누르자 거울이 다시 닫혔다.

그곳은 텅 빈 창고 같은 공간이었다. 그들이 들어온 창고 맞은편에는 단단한 강철 문이 버티고 서 있었다. 여왕이 강철 문으로 다가가 비밀번호를 누르자 문이 둔탁한 소리를 내며 열렸다. 여왕은 육중한 문을 힘껏 잡아당겨 열었다.

"어서 들어가!"

민혁과 여왕이 문 안으로 들어가자 여왕은 문을 닫은 뒤 단단히 잠갔다.

그곳은 사방이 회색 콘크리트로 지어진 넓은 방이었다. 옷이 걸린 옷걸이가 여러 개 있었고, 그 옆에는 커다란 배낭 몇 개가 바닥에 놓여 있었다. 여왕은 옷걸이에서 옷 몇 벌을 낚아챈 뒤 바닥에 있던 검은색 배낭을 멨다.

"이 가방을 가져가!"

민혁은 여왕이 가리키는 회색 배낭을 멨다. 그와 동시에 그들이 들어온 문밖에서 총소리가 들렸다. 군인들이 침실 안으로 들어온 모양이었다.

콘크리트로 만들어진 사방의 벽에는 금속 문이 세 개씩 달려 있었다. 여왕은 그중 하나의 문을 열었다.

"어서 따라와!"

민혁은 여왕을 따라 배낭을 멘 채 문 안으로 들어갔다. 여왕은 이미 저만치 앞서 뛰어가고 있었다.

문 너머로 어두침침한 긴 복도가 이어지고 있었다. 민혁은 여왕을 쫓아갔다. 여왕의 머리칼이 배낭 너머로 춤을 추듯 흩날렸다. 여왕이 사슴처럼 날쌔게 달렸기 때문에 민혁은 그녀를 따라

잡기 위해 애써야 했다.

"어디로 가는 거야?"

민혁이 헐떡이며 물었다.

"궁전 밖으로!"

여왕이 외쳤다.

어두운 복도는 아래로, 왼쪽으로, 오른쪽으로, 다시 위로 이어졌다. 한참을 달려간 끝에 그들은 막다른 길에 도착했다. 그곳에는 위쪽으로 이어지는 사다리 하나가 놓여 있었다.

여왕이 사다리를 타고 오르자 민혁도 따라 올라갔다. 사다리 끝에 도달한 여왕이 천장을 건드리자 천장에 갑자기 구멍이 뚫리더니 달빛이 들어왔다.

여왕이 먼저 밖으로 나와 민혁이 밖으로 나오는 걸 도와줬다. 민혁은 땅 위로 올라오고 나서야 자신이 맨홀 뚜껑을 열고 나왔음을 알게 되었다.

여왕은 맨홀 뚜껑을 밀어 닫고는 바닥에 놓아둔 배낭의 지퍼를 열었다. 그동안 민혁은 일어나 주변을 살폈다. 그들은 사람이 없는 한적한 골목 안에 있었다.

"여기가 어디야?"

민혁이 물었다.

"궁전 밖으로 나온 거야."

여왕은 배낭에서 양말과 운동화를 꺼내 신었다. 여왕이 신발을 신는 동안 민혁은 골목 밖으로 나가 주변을 둘러봤다. 그리 멀리 떨어지지 않은 곳에 궁전의 담벼락이 있었다. 궁전 안에서는 여전히 총소리가 울리고 있었다.

그때 군용 차량 한 대가 골목 앞을 지나갔다. 민혁은 재빨리 골목 안으로 숨었다. 여러 대의 군용 차량이 줄지어 지나갔다. 민혁은 고개를 빼고 그쪽을 훔쳐봤다. 군용 차량이 궁전의 대문 앞에 서더니 차에서 내린 군인들이 궁전 안으로 뛰어 들어가고 있었다.

"상황이 어때?"

뒤에서 여왕이 물었다.

"군인들이 궁전 안으로 계속 들어가고 있어."

뒤를 돌아보자 여왕은 이미 잠옷을 갈아입은 후였다. 그녀는 청바지에 검은 후드티 차림이었다.

여왕이 후드를 눌러쓰고 배낭을 짊어지며 말했다.

"여기서 나가자. 최대한 멀리 벗어나야 해."

"어디로 가야 하지?"

그 말에 여왕은 입을 다물었다.

민혁이 말했다.

"그럼 일단 우리 집으로 가자."

그들은 지나가던 택시를 잡아타고 민혁의 집으로 향했다. 택시 옆으로 군인들을 실은 여러 대의 군용 트럭이 궁전을 향해 달려가고 있었다. 민혁은 택시 옆으로 스쳐 지나가는 차량을 보다가 옆자리에 앉은 여왕에게 물었다.

"저게 어떤 군인들이야?"

"우리 군이야."

후드를 쓴 채 여왕이 나지막하게 대답했다. 민혁도 더 이상 물어보지 않았다.

민혁의 아파트에 도착하기까지는 오래 걸리지 않았다. 한밤중이라 도로에 차가 거의 없었기 때문이다. 두 사람은 택시에서 내려 아파트로 올라갔다.

민혁은 현관문을 열고 불을 켰다. 순간적으로 집 안에 누가 있지는 않을까 하는 생각이 들었지만 집 안에는 아무도 없었다. 집 안은 어제 아침 민혁이 철진의 전화를 받고 집을 나섰을 때 그 모습 그대로였다.

"아무도 없군. 들어와."

여왕은 집 안으로 들어와 거실에 배낭을 내려놓았다. 민혁도 그 옆에 배낭을 내려놓았다. 그리고 그 순간 민혁은 앗 하고 소리쳤다.

"내 휴대폰! 내 폰을 궁전에 두고 왔어!"

"나도 마찬가지야."

그렇게 말하며 여왕은 배낭에서 스마트폰을 하나 꺼냈다.

"이제 새 폰을 써야 해."

"이 가방들은 대체 뭐야?"

"이런 비상사태에 궁전을 급히 떠날 때를 대비해 미리 준비한 물건들이 들어 있지."

여왕은 그렇게 말하며 스마트폰을 켠 뒤 인터넷에 접속했다.

"궁전이 공격당했다는 뉴스 속보가 떴네."

여왕이 중얼거렸다.

"누구한테, 왜 공격당한 거야?"

민혁이 물었다.

여왕은 한동안 스마트폰을 켠 손가락을 움직이더니 대답했다.

"그건 모르겠어. 아직은 구체적인 정보가 없네. 모든 언론사에서 궁전이 공격당했다는 속보만 떴을 뿐이야."

그리고 여왕은 잠시 뭔가를 생각한 뒤 말을 이었다.

"하지만 내 생각에는……."

그러다가 여왕은 고개를 들고 말했다.

"일단 중요한 물건만 챙겨서 다른 곳으로 움직이자."

"우리 집을 떠나자고?"

"그래. 너랑 내가 둘 다 없어진 걸 지금쯤 놈들이 알았을 테니 놈들이 이곳으로 올지도 몰라. 너희 집도 안전하지 않아."

민혁은 불안한 한숨을 쉬며 집 안을 둘러봤다.

"뭘 갖고 가야 하지……."

그는 서랍을 열고 부모님이 남긴 용에 대한 기록이 담긴 공책을 꺼냈다. 그리고 장롱 안에서 살용궁을 꺼냈다.

"그건 뭐야?"

여왕이 물었다.

"살용궁. 이걸로 용을 사냥해."

"그걸 들고 가려고?"

"응."

"그 활은 너무 커서 그걸 갖고 나가면 어딜 가나 눈에 띌 거야. 그건 놓고 가자."

"근데 이건 우리 부모님이 남긴 유품인데……."

하지만 민혁은 곧 고개를 끄덕였다.

"그래, 알겠어."

민혁은 다시 장롱 안에 살용궁을 집어넣었다.

민혁은 배낭 안에 공책을 넣은 뒤 방 안을 둘러보다가 부모님과 함께 찍은 사진이 담긴 작은 액자도 가방 안에 넣었다.

"이거면 됐어. 그만 나가자."

그들은 다시 배낭을 짊어지고 현관문을 나섰다.

그들은 다시 지나가는 택시를 잡아타고 시내로 나갔다. 택시에서 내린 뒤 여왕은 민혁을 데리고 시내 한가운데에 있는 호텔로 들어갔다. 여왕은 가명으로 호텔에 체크인했다.

민혁과 여왕은 객실에 들어가 문을 닫은 뒤 소파에 널브러졌다. 한밤중에 극도로 긴장한 채 정신없이 달린 터라 피로가 엄습했다. 여왕은 배낭을 바닥에 내려놓고 소파에 반쯤 드러누운 상태로 스마트폰을 켰다.

"뉴스가 전부 궁전 침공에 관한 기사로 도배되었어."

여왕이 말했다.

"어떻게 이런 일이……."

여왕이 힘없이 중얼거렸다.

"이제 어떻게 해야 하지?"

민혁이 물었다.

"나도 모르겠어."

여왕은 잠시 가만히 앉아 있다가 한숨을 쉬었다.

"일단은 좀 자야겠다. 너무 피곤하다. 내일 아침에 일어나서 다시 생각하자."

"그래."

그리고 그들은 그대로 소파에 뻗어버렸다.

다음 날 아침, TV 소리에 민혁이 눈을 떴을 때 그는 넓은 소파에 누워 있었다. 밤새 소파에서 잤던 것이다. 민혁은 눈을 비비면서 몸을 일으켰다.

여왕은 소파에 걸터앉아 TV를 보고 있었다. 소파 맞은편에 걸린 벽걸이 TV에는 아침 뉴스가 나오고 있었다. 뉴스에서는 한 남자가 카메라 앞에 앉아 종이를 보며 뭔가를 읽고 있었다.

TV를 뚫어져라 쳐다보는 여왕에게 민혁이 물었다.

"무슨 일이야?"

"내 예상이 맞았어."

여왕이 기운 없이 중얼거렸다.

"군부가 반란을 일으켰어."

그 말에 민혁은 TV로 눈을 돌렸다.

반란을 일으킨 군부의 대변인으로 보이는 남자는 오늘부로 군부가 정권을 완전히 장악해 왕정이 끝났으며 국민은 동요하지 말라는 내용의 말을 하고 있었다.

"이런 무도한 놈들……."

여왕이 중얼거렸다. TV를 보는 여왕의 눈은 충혈되어 있었고 두 손을 꽉 쥔 채 떨고 있었다.

"어떻게 이런 치욕스러운 일이…… 우리 왕조가 지난 삼천 년 동안 이 나라를 다스리면서 반란이 일어난 건 이번이 처음이야. 처음으로 일어난 반란이 성공한 거지. 내가 이런 치욕스러운 일을 경험한 군주가 되다니……."

TV 화면의 대변인은 시국이 안정될 때까지 군부가 국가 권력 전체를 장악해 유지하겠다고 말하고 있었다. 물론 그것이 언제까지 유지되는지는 언급하지 않았다.

"결국 저 녀석들도 민주정을 할 생각은 없는 거네."

민혁은 그렇게 중얼거리며 옆에 앉은 여왕에게 물었다.

"이제 어떻게 해야 하지?"

"어떻게 하긴, 왕위를 되찾아야지."

"어떻게?"

"군부가 정권을 장악했더라도 아직 나를 지지하는 세력이 남아 있을 거야. 그들과 합류해야 해."

"음, 그렇군."

민혁은 고개를 끄덕였다.

"그럼 어떤 사람들이 너를 지지하는지 알아?"

여왕이 고개를 저었다.

"확실하지 않아."

여왕은 땅이 꺼져라 한숨을 쉬었다.

"애초에 군부가 반란을 일으킨다는 것 자체를 상상도 못 했어. 그런 짓을 할 사람들일 줄은 몰랐는데…… 이제 누굴 믿어야 할지 모르겠다."

민혁이 말했다.

"왕위를 되찾는 것도 중요하지만, 저들이 널 찾고 있으니까 최대한 멀리 도망가는 게 어때? 가급적 외국으로 가는 게 좋을 것 같은데."

그러자 여왕은 소파 위에서 자세를 곤추세웠다.

"난 이 나라의 왕이야. 왕이 어떻게 나라를 버리고 도망칠 수 있어? 그럴 수는 없어."

"하지만 그럼 어떻게 하려고?"

"저들과 맞서 싸워야지."

"그러니까 어떻게?"

여왕은 입을 다물었다. 그리고 침묵이 찾아오자 민혁은 뭔가가 떠올랐다. 곧 있으면 마녀와의 계약 기간이 끝난다는 걸 잊고 있었던 것이다.

그는 여의주를 여왕에게 주고 억만금을 받기로 했지만 그 보물은 모두 궁전에 그대로 있었다. 그 생각이 들자 민혁은 여왕에게 조심스럽게 물었다.

"있잖아, 혹시 저 배낭 안에 금도 들어 있어?"

"아니. 도망칠 때 쓸 약간의 돈은 있어. 하지만 금은 없어."

"오, 이런…… 마녀에게 금 백 근을 주지 않으면 난 박제가 되는데."

그 말에 여왕이 고개를 돌렸다.

"맞다, 그렇지. 보물을 되찾지 못하면 넌 죽게 되잖아."

"그래."

"그럼 네가 살기 위해서라도 난 정권을 탈환해야 해. 저 무도한 반란군을 무찌르지 않으면 너나 나나 끝장이라고."

민혁은 자리에서 일어나 머리를 감싸고 소파 주변을 서성였다.

"모든 문제가 해결된 그 순간 반란이 일어나다니."

"반란을 하루아침에 일으킬 수는 없어. 군부 내부에서 분명 오래전부터 준비한 일일 거야. 그리고 작전 일이 하필 어젯밤이었던 거지."

"미치겠네. 어떻게 해야 하지?"

곰곰이 생각하던 여왕이 입을 열었다.

"왕위를 되찾아야 해. 그것만이 유일한 방법이야."

"어떻게?"

"반란군을 몰아내야겠어. 그러기 위해서는 몇 가지 방법이 있지. 먼저 군대를 동원해 놈들과 전투를 하는 방법이 있어. 하지만 지금은 내가 가진 병력이 전혀 없으니 이 방법은 쓸 수 없겠군. 둘째로 외국의 군대를 빌려서 놈들과 싸우는 거야. 하지만 이 방법은 쓰고 싶지 않아. 그렇게 하면 정권을 탈환한다고 해도 그 나라에 큰 빚을 지게 되어 왕이나 국가 모두 주체성을 상실하게 될 거야."

"음, 내 생각에도 그 방법은 그리 현명하지 않은 것 같다."

"세 번째 방법은 국민의 힘을 빌리는 거야. 국민을 부추겨 반란군과 싸우게 해서 내가 다시 왕위에 앉도록 하는 거지. 하지만 이 방법 역시…… 문제가 많지. 먼저 적극적으로 내 편을 들어줄 국민이 얼마나 있을지 장담하기 어려워."

민혁은 말없이 고개를 끄덕였다. 민주화를 요구하는 목소리가 계속 커지고 있던 차에 쫓겨난 왕을 도와 다시 왕정으로 회귀하려는 국민이 많을 거라고 장담할 수는 없었다.

"더군다나 무기도 없는 일반 시민과 군대가 맞붙으면 국민이 엄청난 피해를 볼 거야."

여왕이 말을 이었다.

"그래서 내가 지금 생각할 수 있는 유일한 방법은, 물리적 충돌을 최대한 피하는 선에서 나를 복권하기 위한 여론을 만들어서 국민이 군부를 압박하게 하는 거야. 문제는 그렇게 하면 성공하더라도 아주 오랜 시간이 걸리겠지."

여왕이 침울하게 말했다. 민혁은 고개를 숙인 채 소파 주변을 걸으며 생각에 잠겼다.

여왕의 말대로 민혁이 살아남기 위해서라도 여왕이 왕위를 탈환해야 했다. 하지만 그들은 지금 이 순간 아무 힘없는 소년과 소녀일 뿐이었다. 그런 그들이 일국의 군대와 어떻게 맞선단 말인가?

두 사람 모두 한참 말이 없었다. 민혁은 여왕의 얼굴을 쳐다봤다. 여왕은 침울한 표정으로 고개를 숙인 채 앉아 있었다. 민혁은 여왕이 지금 왕위를 되찾을 방법을 궁리하고 있는 것인지, 아니면 자신의 신세를 한탄하고 있는 것인지 궁금했다.

"있잖아."

민혁이 입을 열었다.

"나한테 한 가지 생각이 있어."

여왕이 고개를 들었다.

"네가 왕위를 되찾으려면 군부가 움직이고 있는 이 나라 군대 전부, 혹은 적어도 궁전을 장악한 군인들과 맞설 힘이 필요하겠지. 그 힘을 얻을 수 있을지도 몰라."

"어떻게?"

"용에게 도움을 청하는 거야."

그 말에 여왕이 눈을 동그랗게 떴다.

"용?"

"내가 여의주를 빼앗은 용 말이야. 다랑산에 사는 그 용한테 다시 가서 도와달라고 부탁하는 게 어때? 너도 알겠지만, 한 마리의 용은 하나의 국가 전체와 맞설 힘이 있어. 그건 고대에도 그랬지만 아마 지금도 마찬가지일 거야. 왜냐하면 내가 알기로 인간이 만든 어떤 무기로도 용에게 피해를 줄 수는 없거든. 용을 무력화할 방법은 오로지 용의 급소 일곱 군데에 살용궁을 쏘는 것뿐이야. 그리고 당연히 군인들은 용의 급소가 어딘지도 모를 테고, 살용궁도 없겠지. 더군다나 용이 빠르게 날아다니면 더욱 맞추기 힘들 테고."

여왕이 당황스러움과 이상하다는 표정이 복잡하게 섞인 얼굴로 민혁을 빤히 바라보다가 물었다.

"용이 세상에서 가장 강력한 동물인 건 나도 알아. 문제는 그 용이 왜 우리를 도와주겠어?"

"여의주를 돌려주겠다고 하면?"

민혁이 대답했다.

"여의주를 돌려줄 테니 우리를 도와달라고 한다면? 그럼 가능성이 있지 않을까?"

"네가 그 용한테서 얻은 여의주 말이야?"

"그래. 근데 그 여의주는 지금 어디 있지?"

"궁전 안의 나만 아는 비밀 금고 안에 넣었어."

여왕이 대답했다.

여왕은 한참 눈살을 찌푸린 채 생각하더니 민혁에게 물었다.

"만약 여의주를 가져가서 그 용에게 돌려준다면, 용이 정말 우리를 도와줄까?"

"그건 모르지. 다만 내가 아는 건, 용은 여의주가 없으면 날지 못하고 비바람을 다스리지 못한다는 거야. 불을 뿜을 수도 없고. 그러니 여의주를 돌려준다는 건 용에게는 거절하기 힘든 조건이지 않겠어?"

"용이 거래를 하는 대신 우리를 죽이고 여의주를 빼앗을 수도 있잖아."

"그럴 수는 없어."

민혁이 딱 잘라 말했다.

"저번에 말했다시피 용과 나는 불의 계약을 맺었거든. 푸른달과 나는 서로를 절대 해치지 못해. 나를 해치면 푸른달 역시 죽게 되는 거야. 그러니 용이 나에게서 강제로 여의주를 빼앗지는 못할 거야."

민혁의 말에 여왕은 턱을 괸 채 생각에 잠겼다. 한참을 생각하던 여왕이 말했다.

"네 제안이 얼마나 현실성이 있는지는 모르겠어. 문제는, 여의주가 지금 우리 손에 없다는 건데."

"너만 알고 있는 비밀 금고에 넣었다며. 그럼 도로 되찾아오면 안 돼?"

"그럼 다시 궁전으로 돌아가야 하잖아."

"그렇지."

민혁은 고개를 끄덕였다.

"그게 문제네."

비
밀
통
로

그들은 한 시간 넘게 토론을 했다. 하지만 이야기를 아무리 거듭해도 결론은 원점에서 벗어나지 못했다.

"네가 그 용을 죽이려고 하고 강제로 여의주를 빼앗았잖아. 근데 여의주를 다시 돌려줄 테니 우릴 도와달라고 하면 용이 순순히 우리 말을 따르겠어?"

여왕의 말에 민혁은 담담하게 대답했다.

"네 말이 맞아. 어처구니없는 일이지. 하지만 다른 방법이 없잖아. 그러니까 시도해 보자는 거야."

"다른 방법이 없는 건 아니야. 앞서 말한 대로 나를 복권하기 위한 조직을 결성하고 국민의 지지를 받아서 군부를 압박하는 거지."

"그 방식은 시간이 너무 오래 걸리는 게 문제잖아. 그렇게 해서 이번 달 안에 네가 다시 왕이 될 수 있겠어?"

"왜 이번 달이야?"

"그때까지가 마녀가 말한 기간이거든."

"아, 맞다. 그렇지."

여왕이 고개를 끄덕였다.

"네가 왕권을 되찾는 일에는 내 목숨도 걸려 있어. 그리고 그게 아니더라도 내 생각에는 용의 도움을 받는 게 가장 확실하고 빠른 길이야. 빠른 길이 있는데 가능성이 희박하고 시간이 오래 걸리는 방법을 고집할 필요가 있니?"

"내 생각에는 용의 도움을 받는 게 더 가능성이 희박한 일 같은데."

"그럼 이렇게 하자. 일단 용을 찾아가서 얘기해 보는 거야. 그리고 용이 우리 부탁을 안 들어주면 그때는 다른 방법을 생각해 보자. 지금으로서는 가능한 방법을 모두 시도해 봐야지."

여왕이 망설이자 민혁은 여왕 옆에 앉아 계속 설득했다.

"제발 부탁이야. 이번 달 안에 금 백 근을 마련하지 못하면 나는 산 채로 박제가 된다고. 네가 원하는 걸 내가 가져왔잖아. 그러니 이번에는 네가 나를 한 번만 도와줘."

"근데 여의주를 다시 용에게 돌려주면 나는 영생을 얻지 못하는 거잖아."

여왕이 입을 비죽 내밀며 말했다.

"용의 도움을 받지 못하면 영생은커녕 언제 군부에 붙잡혀 죽을지 몰라. 죽더라도 왕으로 오래오래 살다가 죽어야지."

민혁이 간절하게 말했다.

"정말 한 번만 부탁할게. 용을 찾아가서 왕위를 되찾게 해달라고 부탁하자. 내가 용을 최대한 설득해 볼게. 그리고 네가 왕위를 되찾으면 나한테 금 백 근만 빌려줘. 반드시 갚을게."

"그건 걱정하지 마, 갚을 필요 없어. 내가 복권되면 그까짓 금 백 근이 대수겠니? 중요한 건 난 용이라는 동물을 우리가 설득할 수 있을지 두려워. 게다가 그 용은 너에게 죽을 뻔하고 여의주를 빼앗겼잖아. 그러니 아마 널 죽도록 증오하고 있을 거야. 우리 부탁을 들어주지 않는 건 물론이고, 우리가 순순히 돌아가지 못하게 할 거야. 비록 불의 계약인가 뭔가 때문에 널 해치지는 못하더라도 분명 우릴 얌전히 보내주지는 않을 거야."

"용이 나를 해치지는 못해도 널 해칠까 봐 걱정하는 거야?"

"그럴 수도 있겠지. 그리고 너에게도 직접적인 해를 끼치지는 못해도, 말했다시피 얌전히 보내줄 것 같지는 않은데."

"그 용은…… 그러지 않을 거야."

민혁은 눈물을 흘리던 용의 크고 까만 눈을 떠올리며 말했다.

"그 용은 그러니까, 상당히 착한 사람 같았어."

"착한 사람이라고?"

여왕이 어이없다는 표정으로 되물었다.

"그러니까 내 말은, 착한 용이라는 거지. 푸른달은 내가 자기를 죽이려고 했는데도 오히려 내 신세를 동정하는 것 같았어."

그는 여왕의 눈을 보며 말했다.

"설명하기는 어렵지만 난 그렇게 느꼈어. 그 용은 선한 마음을 가진 것 같아."

여왕의 표정을 보고 민혁은 재빨리 말을 이었다.

"물론 네게는 말도 안 되는 소리처럼 들리겠지. 이해해. 하지만 진짜야. 푸른달은 우리 부탁을 거절할지언정 우리를 해치지는 않을 거야."

여왕은 한동안 생각에 잠긴 표정으로 침묵했다. 민혁은 옆에서 말없이 그녀의 대답을 기다렸다. 민혁이 보기에 여왕은 하룻밤 사이에 부쩍 늙은 것만 같았다.

하긴, 그럴 수밖에 없었다. 그녀는 하룻밤 사이에 일국의 군주에서 도망자 신세로 전락했다. 그리고 이제는 목숨을 건 도박을 해야 할지 저울질하는 중이었다. 여왕이 초췌하고 늙어 보이는 것도 이해가 되었다.

"네 말대로 용과 거래를 하러 간다고 치자고."

마침내 여왕이 입을 열었다.

"그러려면 먼저 여의주부터 되찾아야겠네."

"그렇지."

"그게 뭘 의미하는지도 아는 거야?"

"궁전으로 다시 들어가야 한다는 거지."

민혁이 시무룩하게 대답했다.

"그게 좀 문제긴 한데……."

다시 침묵이 찾아왔다. 뭔가를 곰곰이 생각하던 여왕이 소파에서 일어나 바닥에 놓아둔 배낭을 열며 물었다.

"너 혹시 총 쏴본 적 있어?"

"총? 아니. 활은 많이 쏴봤는데."

배낭에서 손을 뺀 여왕의 손에는 권총 한 정이 들려 있었다.

"궁전 안으로 잠입하려면 무기가 필요하겠지. 혹시 모르니까."

그걸 본 민혁은 헉하고 숨을 들이마셨다.

"총이잖아."

"말했다시피 이건 도망칠 때를 대비한 비상용 가방이거든."

여왕은 총을 다시 배낭에 넣었다.

"내일 새벽에 궁전으로 들어가자. 그래서 여의주를 갖고 재빨리 나오는 거야."

그러더니 문득 기운 없는 목소리로 말했다.

"그리고 그 전에 아침부터 먹는 게 어때? 진짜 배고프네."

다음 날 새벽, 민혁과 여왕은 호텔 방을 나와 궁전으로 향했다. 그들은 궁전 직원으로 가장하기 위해 둘 다 정장을 입고 있었다. 낮에 호텔 근처에 있던 양복점에서 맞춘 옷이었다.

두 사람은 심야 택시를 타고 궁전에서 몇 블록 떨어진 곳에 내렸다. 한밤중이라 거리에는 사람이 거의 없었다. 여왕은 민혁을 데리고 어둡고 좁은 골목 안으로 들어갔다.

"여기에 궁전으로 들어가는 비밀 통로가 있어."

여왕이 속삭였다.

골목 끝자락에는 작은 문 하나가 붙어 있었다. 여왕은 문손잡이에 걸린 자물쇠의 번호를 맞춘 뒤 문을 당겼다. 오랫동안 열리지 않았는지 문은 시끄러운 소리를 내며 열렸다. 문 너머는 동굴처럼 어두운 복도였다. 여왕이 어둠 속으로 앞장섰다.

어두운 길은 한참 이어졌다. 복도는 중간에 몇 번 꺾어지고 옆으로 휘어지면서 조금씩 아래로 내려갔다. 그러다가 마침내 복도의 끝에 도착하자 여왕이 멈춰 섰다. 여왕의 앞에는 들어온 문과 비슷해 보이는 문이 하나 달려 있었다. 여왕은 이번에도 자물쇠 번호를 맞춘 뒤 문을 열었다. 이번 문은 비교적 조용히 열렸다.

여왕은 문을 살짝 연 뒤 문 안으로 고개를 들이밀었다. 그 뒤에서 민혁은 긴장한 채 서 있었다. 문 안을 살펴본 여왕이 민혁에게 속삭였다.

"들어가자."

문 너머는 선반으로 가득한 어두운 방 안이었다. 탁한 냄새가 나는 자루와 상자가 선반 위에 쌓여 있었다. 궁전 안에 있는 식재료 창고인 듯했다.

민혁은 앞에서 살금살금 걸어가는 여왕을 따라 창고 문으로 다가갔다. 먼저 문을 열고 나간 여왕이 민혁을 손짓해 불렀다. 그곳은 궁전의 지하 복도였다. 여왕이 속삭였다.

"여기서부터는 자연스럽게 걸어가자."

두 사람은 허리를 펴고 지하 복도를 걸어갔다. 민혁은 겁이 나서 다리가 후들후들 떨렸지만 그런 기색을 감추기 위해 애썼다. 옆에서 걷고 있는 여왕 역시 긴장한 표정이 역력했다. 하지만 두 사람은 최대한 침착하게 걸어 지하 복도의 계단을 올라갔다.

계단을 올라가 복도로 나오자마자 그들은 총을 멘 군인 한 명과 마주쳤다. 민혁은 깜짝 놀랐지만 군인은 그들을 한 번 쳐다본 뒤 지나갔다. 여왕이 안도의 숨을 내쉬었다.

환한 조명이 켜진 복도에는 군인들과 궁전 직원들이 바쁘게 오가고 있었다. 민혁과 여왕은 그들 사이에 섞여 이동했다. 그들은 복도를 지나 엘리베이터를 타고 올라가 다시 복도를 걸어갔다.

민혁은 누군가 뒤에서 자신을 소리쳐 부르거나 갑자기 잡아당기지는 않을까 싶어 식은땀이 났다. 그는 옆에서 걷고 있는 여왕을 곁눈질했다. 여왕 역시 딱딱하게 굳은 얼굴로 고개를 숙인 채 걷고 있었다.

민혁은 궁전 안의 군인들이 금방이라도 여왕을 알아보고 붙잡을 것 같아 겁이 났다. 전국에 여왕의 얼굴을 모르는 사람이 없으니 일개 병사라도 여왕을 알아볼 수 있을 것이다.

그런 생각을 하자 민혁은 그들을 지나치는 군인이나 직원들이 자기를 쳐다볼 때마다 자신을 알아본 것 같다는 생각이 들어서 마음속에서 두려움이 번졌다. 민혁 역시 고개를 살짝 숙인 채 바닥을 보며 여왕을 따라 종종걸음으로 복도를 지났다. 지나치게 얼굴을 숙이고 걸으면 의심받을 것이다. 얼굴을 가리기 위해 마스크라도 쓰고 싶었지만 그러면 더욱 의심받을 것이다.

두려움 속에서 그들은 엘리베이터를 타고 올라가 복도를 걸어 드디어 목적지에 도착했다. 여왕은 여의주를 자신의 집무실 안에 숨겨 놓았다고 했다. 집무실로 향하는 복도에는 다행히 아무도 없었다.

'하지만 집무실 안에 누군가 있으면 어떡하지?'

그런 생각이 들자 민혁은 손이 떨려서 주먹을 꽉 쥐었다. 아마 여왕도 비슷한 생각을 한 모양이었다. 집무실 안에 누군가가 있다면 그들에게는 한 가지 방법밖에 없었다.

문 앞에 도착한 여왕은 심호흡한 뒤 조심스럽게 문을 열었다. 민혁은 긴장한 채 뒤에서 기다렸다.

여왕이 고개를 빼고 속삭였다.

"아무도 없어."

그들은 재빨리 방 안으로 들어가 문을 닫았다.

집무실 안은 완전히 난장판이었다. 군인들은 여왕이 집무실 안에 숨었다고 생각했는지 방안 모든 걸 헤집어 놓은 상태였다. 책장에 있던 책이 바닥에 떨어져 사방으로 흩어져 있었고, 책상 서랍은 모두 활짝 열려 있었다.

"놈들이 널 찾으려고 했나 봐."

민혁의 말에 여왕이 대답했다.

"아니면 여의주를 찾으려 한 것일 수도 있지."

"혹시 여의주를 찾아냈을까?"

"그런지 한번 보자."

여왕은 구석에 있는 탁자로 걸어갔다. 꽃병 하나가 놓여 있는 작은 탁자 역시 서랍이 열려 있었다. 여왕은 탁자 다리 아래쪽을 더듬더니 뭔가를 건드렸다.

그러자 잠시 후 어딘가에서 작은 소리가 들렸다. 민혁은 소리가 어디서 나는지 보려고 주변을 두리번거렸지만 소리의 진원지를 찾을 수 없었다.

그때 여왕이 책상 뒤에 걸려 있는 족자로 걸어갔다. 청룡이 그려진 커다란 족자였다. 민혁이 이 방에서 여왕을 처음 만났을 때 제일 먼저 눈에 들어왔던 게 바로 책상에 앉아 있던 여왕의 뒤에 걸린 이 그림이었다.

여왕이 족자를 들추자 벽에 작은 금이 가 있었다. 여왕이 그 부분을 밀자 벽면이 열리면서 은색 금고 하나가 모습을 드러냈다.

여왕이 금고의 지문 인식기에 손가락을 대자 철컥하는 소리와 함께 금고가 열렸다. 민혁은 여왕의 옆으로 다가갔다. 여왕은 긴장한 표정으로 금고 문을 열었다.

여의주는 그 안에 들어 있었다.

두 사람은 동시에 안도의 한숨을 내쉬었다. 여의주는 금고 안에서 여전히 푸른 빛을 은은하게 발하고 있었다.

"이제 됐어. 어서 갖고 나가자."

민혁이 품속에서 작게 접은 손가방을 꺼내며 말했다.

그때였다.

뒤에서 문이 열리는 소리에 두 사람은 화들짝 놀라 뒤를 돌아봤다. 문 앞에는 정장을 입은 중년 여자 한 명이 서 있었다. 여자역시 그들을 보고 놀랐는지 잠시 가만히 서 있었다.

'궁전 직원인가?'

민혁이 생각하는 순간 여자가 한 발짝 앞으로 다가왔다.

"왜 여기에······."

그러다가 여자는 여왕을 알아보고 눈이 커졌다.

"폐, 폐하······."

"쉿!"

여왕이 손가락을 입에 댔다. 여자는 기겁한 얼굴로 잠시 서 있다가 재빨리 집무실 문을 닫고는 여왕에게 다가왔다.

"폐하."

여자는 여왕을 아래위로 훑어봤다. 마치 부모가 오랜만에 만난 자식이 어디 다치지는 않았는지 확인하는 것 같았다.

"이분은 누구야?"

민혁이 물었다.

"우리 비서실장님."

여왕이 대답했다.

"폐하, 무사하셨습니까?"

여자가 더듬거리며 묻자 여왕은 고개를 끄덕였다.

"난 괜찮아요. 실장님은요?"

"저도 간신히 살아남았습니다. 폐하께서 밖으로 피신하신 건 알았지만, 왜 이곳에 다시……."

"여의주를 가지러 왔어요."

여왕의 말에 비서실장은 민혁과 여왕을 번갈아 보았다.

"여의주요?"

"네. 설명하자면 길어요. 우리는 다시 궁전에서 나가야 해요. 실장님, 도와주세요."

"알겠습니다. 어떻게 들어오셨죠?"

"6번 비상문을 통해서요. 나갈 때도 그리로 나가면 괜찮을 거예요."

민혁은 그 말에 정신을 차리고 재빨리 금고에서 여의주를 꺼내 가방 안에 쑤셔 넣었다. 물론 금고 문을 닫고 벽면을 밀어 닫은 뒤 족자를 원위치로 해 놓는 것도 잊지 않았다. 그 사이 비서실장은 방문을 살짝 열고 밖을 살펴본 뒤 말했다.

"고개를 숙이고 제 뒤로 바짝 붙어서 따라오시면 의심받지 않을 겁니다."

여왕과 민혁은 가방을 들고 비서실장을 따라 방을 나갔다. 그들은 앞서가는 비서실장의 부하 직원인 것처럼 뒤에 서서 고개를 숙인 채 따라갔다. 비서실장은 그들과 함께 복도를 걸어간 뒤 엘리베이터에 탔다. 엘리베이터 문이 닫히자 비서실장이 말을 쏟아 냈다.

"지금 어디에 계십니까?"

"근처에 있는 호텔에 있어요. 지금 상황이 어떻죠?"

비서실장이 무거운 얼굴로 대답했다.

"군부가 궁전을 장악한 뒤 국군 전체가 속수무책으로 넘어갔습니다."

"아직 남아 있는 우리 편은 있나요?"

"아직은 반란이 일어난 지 하루밖에 안 지나서 파악이 잘되지 않습니다. 하지만 제 생각에는 상당수의 각료가 군부에 반감이 있을 것입니다. 다만 군이 두려워 잠자코 있을 뿐입니다."

"내가 만약 병력을 이끌고 군부를 공격한다면 왕위를 재탈환할 수 있을까요?"

그 말에 비서실장이 놀라며 물었다.

"가용 병력이 있으십니까?"

"아직은 확신할 수 없어요. 우린 그러니까…… 용에게 도움을 청해 볼 생각이에요."

"용이요?"

"네. 그래서 여의주를 가지러 온 거에요."

"그게 무슨……."

그때 엘리베이터 문이 열리며 사람 몇 명이 안으로 들어왔다. 궁전 직원 둘과 군인 한 명이었다. 직원들은 비서실장을 알아보고 고개 숙여 인사했다. 여왕과 민혁, 그리고 비서실장은 그들을 지나쳐 엘리베이터 밖으로 나왔다.

그들이 복도를 걸어가는 동안 궁전 직원 몇 명이 비서실장에게 인사를 하며 지나갔다. 실장은 그들의 인사를 가볍게 받으며 종종걸음으로 지하로 내려갔다.

세 사람은 여왕과 민혁이 들어온 식재료 창고에 도착했다. 그들은 창고 문을 열고 안으로 들어갔다. 창고에는 아무도 없었다.

"이제 어떡하실 생각입니까?"

비서실장의 물음에 여왕이 대답했다.

"말씀드렸다시피 용을 만나러 갈 거예요."

"용이 어디에 있는지는 아십니까?"

"제가 알아요."

민혁이 대답하자 비서실장은 민혁을 한 번 보고는 다시 여왕에게 고개를 돌렸다.

"제가 도와드릴 것은 없습니까?"

"군부의 움직임을 저에게 수시로 알려주세요."

여왕은 비서실장에게 자신의 새 휴대전화 번호를 알려줬다.

"그리고 군부에 저항하려는 사람들이 또 누가 있는지 확인해 주세요. 만일 제가 왕위를 되찾고자 시도할 때 누가 도울 수 있는지 파악해야 합니다."

"알겠습니다."

여왕이 창고 끝에 있는 문을 열자 비서실장이 따라와서 물었다.

"용을 찾아가시는 게 위험하지는 않을까요? 제가 인력을 모아 보겠습니다."

"아니에요, 그러면 반란군에게 들킬 수 있어요. 저희 둘이 해결하겠습니다."

"그래도……."

"실장님께서는 군부에 충성하는 척 행동해 주세요. 그리고 무슨 일이 생기면 언제든지 연락하세요. 도청을 조심하시고요."

그 말을 마친 뒤 여왕은 민혁의 소매를 잡고 문 안으로 들어갔다. 민혁은 문을 닫기 전 비서실장이 고개를 숙이는 모습을 보았다.

조
건

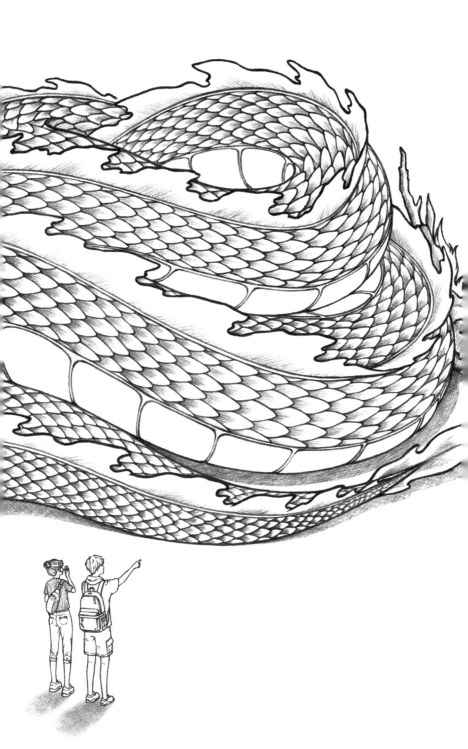

민혁과 여왕은 다시 호텔 방으로 돌아왔다. 그리고 그날 아침 바로 짐을 들고 호텔을 나왔다.

그들은 여름 방학을 맞은 평범한 고등학생처럼 보이는 복장을 하고 모자를 눌러쓴 채 호텔을 나와 시내에서 택시를 잡아탔다. 이윽고 고속 터미널에 도착한 후 그날 아침 출발하는 가장 빠른 표를 끊었다.

고속버스가 목적지에 도착하기까지는 4시간이 넘게 걸렸다. 가는 동안 두 사람은 차 안에서 별말이 없었다. 둘 다 머릿속이 복잡했기 때문이다.

민혁은 지금까지 일어난 일들을 떠올리며 생각에 잠겼다. 여름 방학이 시작되자마자 보통 사람은 평생 한 번 겪기도 힘든 일이 연달아 일어났다. 마녀와의 계약이 용과의 계약으로 이어졌고, 용과의 계약은 다시 여왕과의 계약으로 이어졌다.

그리고 온 세상을 갖게 된 기쁨은 하룻밤도 안 가 깨지고 말 았다. 민혁은 억만금을 갖게 된 그 하루가 현실이 아니라 하룻밤 동안의 꿈은 아니었을까 의심스러웠다. 이렇게 될 줄 알았다면 그 하루 동안 궁전을 뛰쳐나가 돈이라도 실컷 써볼걸 그랬다.

그는 자신이 그날 밤 궁전의 침대에 누워 그 돈으로 뭘 할지 상상하던 시간을 떠올리자 헛웃음이 나왔다. 그는 그때 앞으로 어떤 차들을 살지, 어떤 집을 살지 열심히 궁리하다가 잠이 들었 던 것이다. 하지만 삼일천하도 아니었다. 달콤한 꿈은 하룻밤 만 에 끝나고 말았다.

문득 어린 시절 읽었던 톨스토이의 이야기가 떠올랐다. 한 부 자가 신발 장인에게 1년을 신어도 끄떡없는 신발을 만들라고 으 름장을 놓고 갔다가 몇 시간 후 죽고 만다. 자신이 오늘 죽을 줄 도 모르고 1년을 신어도 끄떡없는 신발을 원하는 게 인간이다. 그건 아마 왕이라 해도 다르지 않을 것이다.

민혁은 옆자리에 앉은 여왕에게 고개를 돌렸다. 여왕은 창문 에 머리를 기대고 말없이 밖을 보고 있었다. 민혁은 그녀가 자신 에게 이런 날이 올지 상상이라도 해봤을까 궁금했다. 그나마 민 혁은 서민으로 태어나 서민으로 살다 하루 동안 궁전의 화려함 을 경험해 본 게 전부였지만, 여왕은 궁전에서 태어나 평생을 왕 으로 살다 하루아침에 왕의 자리에서 쫓겨나고 말았다. 그 충격 이 얼마나 클까?

그런 생각을 하다 보니 민혁은 처음으로 여왕이 불쌍해졌다. 군부가 반란을 일으킨 후 계속 상황을 벗어날 궁리만 하느라 잊고 있었지만, 이렇게 몇 시간 동안 버스 좌석에 앉아 있게 되자 비로소 여왕은 어떤 기분일지 궁금해졌다. 그의 옆자리에 앉아 있는 아이도 결국에는 민혁과 동갑인 소녀일 뿐이었다.

민혁은 여왕이 현재 처한 상황도 안타깝지만, 지금까지 그녀가 살아온 삶도 힘겨웠으리라는 생각이 들었다. 부모님이 돌아가신 후 어린 나이에 일국의 왕이 되어 나라를 다스려야 한다, 자신이라면 그렇게 할 수 있었을까?

민혁은 자신의 삶과 여왕의 삶을 비교해 보았다. 그는 매일 아침 일찍 일어나 학교에 늦지 않게 등교하는 것만으로도 힘들었다. 그리고 학교에 가면 수업은 대충 듣고 쉬는 시간에는 친구들과 놀다 점심시간에는 농구를 했다. 학교가 끝나면 친구들과 PC방에 갔다.

반면 여왕은 아마 한 번도 그런 경험을 하지 못했을 것이다. 민혁이 친구들과 농구하거나 게임을 할 때 여왕은 나라를 다스리기 위해 애써야 했다. 민혁은 나라를 짊어진 기분을 상상해 보았다. 상상만으로도 부담감에 압도되었다. 부와 권력, 궁전의 온갖 화려한 보물과 맛있는 음식도 그 부담을 덜어주지는 못할 것이다.

'이 아이는 지금 무슨 생각을 하고 있을까?'

민혁은 창문에 머리를 기대고 있는 여왕을 보며 생각했다. 어쩌면 이 아이는, 비록 강제로 빼앗기긴 했지만 마음 한구석에서는 자신을 짓누르던 부담감에서 이렇게라도 벗어난 것을 다행이라고 여기지는 않을까?

물론 아닐 수도 있다. 만약 그랬다면 여왕이 이렇게 왕위를 되찾기 위해 필사적으로 애쓰지 않을 테니까. 민혁은 여왕이 왕위를 되찾기 위해 애쓰는 게 조금은 신기하게 느껴졌다. 만약 자신이 왕이라면 평생을 괴롭힌 그 무게, 나라를 책임져야 하는 부담감에서 풀려난 것에 오히려 안도감을 느낄 텐데.

하긴, 모르지. 어쩌면 이 아이는 그 부담감 없이는 살 수 없는 사람일 수도 있겠지. 세상에는 정말 다양한 사람이 있으니까. 민혁처럼 아무 꿈도 없이 사는 사람이 있는가 하면, 온 세상을 책임지지 않고서는 견딜 수 없는 사람도 분명히 있을 것이다. 그렇게 세상의 양 끝에 놓일 만큼 정반대인 두 사람이 지금 버스 안에 나란히 붙어 앉아 있었다.

버스가 목적지에 도착하자 두 사람은 버스에서 내려 택시를 불러 탔다. 이번 택시 기사는 예전에 민혁이 탔던 택시 기사와 달리 과묵했다. 기사는 그들에게 다랑산에는 왜 가는 거냐고 묻지 않았다. 그래서 택시 안에서도 민혁과 여왕은 침묵 속에 앉아 있었다.

과연 용이 우리 부탁을 들어줄까? 비록 다른 방법이 없다는 이유로 여왕을 설득해 이 여정에 나선 건 자신이었지만, 민혁은 자기가 생각해도 너무 염치없다고 생각했다.

그는 용을 죽이려고 했다. 용의 급소에 화살을 꽂아 넣기까지 했다. 그렇게 해서 용의 소중한 여의주를 강제로 빼앗았는데, 이제는 그걸 돌려줄 테니 왕위를 되찾게 도와달라고 부탁하다니…….

여왕의 말대로 화가 난 용이 그들을 죽여버린다 해도 이상하지 않았다. 물론 용과 민혁은 불의 계약을 맺었으니 용이 그들을 쉽게 해치지는 못하겠지만, 어쩌면 그것이 용을 더욱 분노하게 하지는 않을까.

민혁은 속으로 중얼거렸다.

'하지만 다른 방법이 없어. 그게 우리가 시도해 볼 수 있는 유일한 방법이잖아.'

만약에, 아마도 당연히 그럴 가능성이 높겠지만…… 용이 그들의 부탁을 거절한다면…… 그때는 어떻게 될까?

'난 마녀에게 산 채로 박제되겠지.'

민혁은 씁쓸하게 웃었다. 그는 박제가 되고 여왕은 평생을 도망 다니며 살 것이다.

'이럴 줄 알았다면 보물을 받은 즉시 금 백 근 정도는 따로 챙겨둘걸.'

하지만 후회해도 이미 늦었다. 권력도, 돈도, 그것이 무엇이든 사람이 가진 건 그 어떤 것도 영원하지 않았다. 심지어 목숨마저도. 군부의 반란은 단지 그 사실을 폭력적으로 일깨워 줬을 뿐이었다.

택시가 다랑산에 도착했다. 그들은 택시에서 내려 어두운 산속으로 들어갔다.

민혁은 부모님이 남긴 공책을 보며 길을 잡았다. 이미 한 번 가 본 길이라 조금 익숙하긴 했지만 그래도 헷갈릴 때가 많았다. 민혁은 예전에 왔을 때처럼 길을 가다 멈춰서고 공책을 들여다보기를 반복했다. 그럴 때마다 뒤에서 따라오는 여왕은 참을성 있게 기다렸다.

마침내 그들은 말라붙은 계곡에 도달했다. 남은 길은 찾기 쉬웠다. 민혁이 한 손에 공책을 들고 계곡을 건너가며 여왕에게 물었다.

"만약 용이 우리 부탁을 들어준다면 말이야, 왕위를 되찾으면 제일 먼저 뭘 할 거야?"

"역적을 처벌해야지."

한 치의 망설임도 없는 대답에 민혁은 잠시 말문이 막혔다.

"그건 반드시 해야 하는 일이야."

여왕의 목소리는 담담했다.

"음, 그건 그렇지."

잠시 침묵이 이어졌다. 한동안 말없이 산을 오르던 여왕이 다시 입을 열었다.

"있잖아, 네 말대로 용이 내가 왕위를 되찾는 걸 도와주면, 예전에 한 약속대로 내가 가진 보물의 절반을 너한테 줄게."

민혁이 놀라며 여왕을 쳐다봤다.

"아니야, 금 백 근만 있으면 돼."

"원래 약속은 보물의 절반을 주는 것이었잖아."

"하지만 그건 여의주를 가져왔을 때 얘기지."

"넌 여의주를 가져왔잖아."

여왕은 민혁이 들고 있는 여의주가 든 가방을 가리키며 말했다.

"하지만 우린 이걸 다시 용한테 돌려주러 가고 있잖아. 그럼 넌 불로장생을 하지 못하게 돼."

"왕위를 되찾게 된다면 난 영생보다 더 귀중한 걸 얻게 되는 거지."

여왕이 웃으며 말했지만 민혁은 고개를 저었다.

"왕위는 원래부터 네 것이었잖아."

"하지만 빼앗겼지. 그리고 그걸 되찾는다면, 그건 네 덕분이니까 보물의 절반을 너에게 줄게."

민혁은 말없이 여왕의 눈을 응시했다. 민혁과 달리 여왕은 기분 좋게 웃고 있었다.

"그러니까 우리 둘 다 최선을 다해 용을 설득해 보자고."

그러면서 여왕은 민혁의 팔을 건드렸다.

"뭐해, 어서 앞장서."

민혁은 한동안 여왕을 바라보다 다시 산 위로 발걸음을 옮겼다. 그의 옆에서 여왕이 물었다.

"생각 좀 해봤어?"

"뭘?"

"내 보물의 절반을 갖게 되면 그걸로 뭘 할지 말이야."

민혁은 어색하게 웃었다.

"아직도 잘 모르겠어."

"뭐야, 재미없네."

여왕은 그렇게 말하며 작게 웃었다. 민혁이 말을 이었다.

"내 생각에, 나한테 진짜 필요한 건 돈이 아닌 것 같아."

"그럼 뭔데?"

"하고 싶은 일."

"하고 싶은 일?"

"그래. 그 많은 돈이 있어도 하고 싶은 일이 딱히 없다면 아무 소용이 없잖아. 하고 싶은 일을 찾는 게 나한테 가장 중요한 일인 것 같아."

"음, 뭘 하고 싶은지 모른다니. 그건 좀 신기한데."

"신기하다고?"

"응. 난 내가 뭘 하고 싶은지 항상 정확히 알았거든. 그리고 하고 싶은 일뿐만 아니라 해야 할 일도 항상 너무 많았어."

그 말에 민혁은 웃을 수밖에 없었다.

"네가 보기에는 내가 진짜 한심하게 사는 것 같겠다."

"아냐, 그런 뜻은 아니야."

"괜찮아. 난 한심하게 사는 거 맞거든."

그러자 여왕은 고개를 저었다.

"그렇게 말하지 마. 아직 좋아하는 게 뭔지 못 찾을 수도 있지. 한심한 인생이 어디 있어."

"그런가? 그렇게 말해 준다면 나야 고맙지만."

"진심이야."

그들이 그렇게 말을 주고받는 동안 산은 점점 더 가팔라졌다. 그들은 바위로 이루어진 절벽을 조심스럽게 올라가기 시작했다. 민혁은 앞장서서 올라가다 밑에서 따라오는 여왕의 손을 잡고 이끌었다.

몇 시간 동안 절벽을 오르니 두 사람 다 땀으로 흠뻑 젖었다. 하지만 고생에 대한 보답이라도 주어지듯 어느덧 평지가 나타나고 드디어 거대한 동굴의 입구가 모습을 드러냈다.

청룡동굴이었다.

민혁이 먼저 올라간 뒤 아래로 손을 뻗어 여왕의 손을 잡고 끌어올렸다. 절벽 위로 올라온 여왕은 흙 묻은 손을 털며 감탄했다.

"진짜 큰 동굴이다."

"이게 바로 청룡동굴이야. 이 안에 푸른달이라는 청룡이 살고 있어."

민혁은 메고 있던 가방에서 손전등을 꺼냈다.

"이제부터는 좀 어두워질 거야. 혹시 어둠을 많이 무서워한다면 쉽지 않을 수도 있어."

여왕이 고개를 저었다.

"하나도 무섭지 않아."

"좋아, 그럼 안으로 들어가자."

두 사람은 손전등을 켜고 동굴 안으로 들어갔다. 얼마 지나지 않아 사위가 어두워지더니 칠흑같이 깜깜해졌다.

여왕은 민혁의 옆에 딱 붙어 조심스럽게 발걸음을 옮겼다. 그들은 망망대해 같은 어둠 속을 한참 동안 걸어갔다. 손전등 불빛만이 미약하게 앞을 비추고 있을 뿐이었다.

어둠 속 길은 점차 아래로 이어졌다. 아주 긴 내리막길이었다. 한참을 내려간 끝에 마침내 저 아래에서 작은 불빛이 눈에 들어왔다.

"저기 봐."

여왕이 소곤거렸다.

"불빛이다."

"맞아, 이제 거의 다 왔어."

불빛을 보자 반가운 마음에 발걸음이 조금 가벼워졌다. 아래로 내려갈수록 불빛은 점점 커져만 갔다. 그리고 마침내 그들은 거대한 실내 공간으로 나오게 되었다.

용이 사는 곳은 민혁이 처음 왔을 때와 전혀 달라지지 않았다. 용이 새겨진 두꺼운 기둥이 높이를 알 수 없는 천장까지 뻗어 있었고, 기둥마다 횃불이 꽂혀 타고 있었다.

눈앞에 펼쳐진 거대한 공간에 여왕은 입을 벌리고 사방을 두리번거렸다.

"이런 곳이 있었다니……."

여왕은 자신이 다스렸던 나라에 이런 곳이 있었다는 사실을 여태 모르고 있었다는 데 놀란 것처럼 보였다.

"용은 어디 있지?"

여왕의 물음에 민혁은 앞을 가리켰다.

"저기 있네."

민혁이 가리키는 방향 저 멀리에 작은 산 하나가 있었다. 여왕의 시선이 민혁의 손끝을 따라가다 그 물체에 멈췄다. 순간 여왕은 기겁하며 뒷걸음질 쳤다.

"저게 용이라고?"

"응."

"저건 정말이지……."

여왕은 말을 더듬거렸다.

"정말 엄청난 크기잖아."

"맞아. 지상에서 용과 대적할 수 있는 건 아무것도 없어. 그러니까 용 혼자서 군부와 맞설 수 있는 거지."

여왕이 입을 딱 벌린 채 민혁을 돌아봤다.

"넌 그러니까…… 저것에게 활을 쏴서 협박했다는 거야?"

"응."

민혁은 여왕의 팔을 잡아끌었다.

"가까이 가보자."

"말도 안 돼, 위험할 거야."

여왕이 민혁의 팔을 잡고 늘어졌다.

"위험하지 않아. 나랑 불의 계약을 해서 괜찮아."

"그렇지만…… 너무 거대하잖아. 입으로 바람만 불어도 우릴 죽일 수 있겠어."

"절대 그렇지 않아."

민혁이 단호하게 말했다.

"저 용은 절대 우릴 못 죽여. 그러니까 최대한 당당하게 행동해. 잊지 마, 넌 왕이야. 그리고 왕위를 되찾으러 왔어. 그 사실을 잊으면 안 돼."

민혁의 말에 여왕은 심호흡을 몇 번 하고는 허리를 폈다.

"그래, 네 말이 맞아. 여기까지 왔는데 주저하면 안 되지."

민혁은 여왕의 손을 잡았다.

"가자. 갈 수 있지?"

여왕은 고개를 끄덕였다.

두 사람은 용을 향해 조심스럽게 걸음을 옮겼다. 용은 민혁과 처음 만났을 때처럼 몸의 중간 부분을 똬리 튼 채 그들을 등지고 있었다. 똬리를 튼 가운데 몸통이 산처럼 높이 솟아 있었고 꼬리 쪽은 아주 길게 뻗어 있었는데, 넓이를 알 수 없는 이 거대한 방 안 저 너머까지 뻗어 있었다.

용에게 가까이 다가갈수록 여왕은 용의 거대한 크기에 질려 얼굴이 하얗게 변했다. 여왕이 민혁의 손을 꼭 쥐었다. 민혁 역시 겁나기는 마찬가지였지만, 이상하게도 여왕이 두려움에 떠는 것을 느끼자 오히려 약간 진정이 되었다.

두 사람은 용에게서 스무 걸음 정도 떨어진 곳에 멈춰 섰다. 용의 비늘은 전에 봤을 때처럼 아름다운 푸른 빛깔로 은은하게 빛나고 있었다. 기둥에 걸린 횃불이 비늘에 부딪혀 수십 가지 방향으로 반사되었다.

"푸른색이네."

여왕이 속삭였다.

"청룡이라서 그래."

민혁은 그렇게 말한 뒤 목청을 가다듬고 큰 소리로 말했다.

"저기, 선생님? 푸른달 선생님?"

그러자 거대한 용의 몸이 스르르 풀어졌다. 용이 그 크기에 비해 믿을 수 없을 만큼 부드럽게 움직인다는 것을 이미 알고 있던 민혁은 놀라지 않았지만, 거대한 용이 민첩하게 움직이자 여왕은 놀라서 뒤로 물러났다.

용의 몸통이 꿈틀거리더니 마침내 웅크리고 있던 거대한 머리가 밖으로 나와 그들에게 고개를 돌렸다.

용의 얼굴 역시 민혁이 지난번에 왔을 때와 똑같은 모습이었다. 사슴의 그것과 닮은 거대한 뿔이 달리고 하얀 수염을 늘어뜨린, 고귀하고 위엄 있는 얼굴.

푸른달은 눈을 가늘게 뜨며 그들에게 얼굴을 가까이 내밀었다. 용의 따뜻한 숨결이 두 사람의 얼굴로 불어왔다.

"김민혁."

푸른달이 입을 열자 낮고 부드러운 목소리가 흘러나왔다.

민혁이 고개를 숙이며 말했다.

"잘 지내셨어요?"

"그럭저럭."

그렇게 말하는 용의 눈이 민혁의 옆에 서 있는 여왕에게 옮겨갔다.

"그리고 이 아이는……."

민혁이 눈짓을 하자 여왕은 재빨리 고개를 숙이며 말했다.

"안녕하세요, 전 이 나라의 국왕 이린이라고 합니다."

용이 고개를 끄덕였다.

"알고 있네. 만나서 반가워."

"절 아세요?"

여왕이 놀라며 물었다.

"물론이지. 이 나라 왕을 모른다는 건 말이 안 되지. 그런데 지금도 왕이라고 불러야 하나? 지금은 일단 왕이 아니지 않나? 군부가 반란을 일으켜 자네는 쫓겨났잖아."

민혁과 여왕은 놀라서 서로를 쳐다봤다. 민혁이 물었다.

"그걸 어떻게 아세요?"

그러자 푸른달은 미소를 지었다.

"내가 동굴 안에만 있으니까 세상이 어떻게 돌아가는지 모를 거라 생각했나 보지?"

"음, 네."

민혁은 솔직하게 대답한 뒤 얼른 덧붙였다.

"불쾌하셨다면 죄송합니다."

푸른달은 다시 미소를 지었다.

"하하, 아니야. 그렇게 생각하는 것도 무리는 아니지."

"혹시 신비한 능력으로 바깥세상을 보시는 건가요?"

여왕이 물었다.

"그런 셈이지. 정확히 말하면 인터넷으로 아는 거야. 요즘은 인터넷으로 온 세상일을 다 알 수 있잖아."

푸른달의 말에 여왕은 당황한 듯했다.

"아…… 그렇군요."

"그래. 이런, 며칠 동안 고초를 겪느라 고생했겠군. 자네의 행

방은 인터넷으로도 알 수 없어서 어떻게 됐을지 궁금하던 차였는데, 마침 자네가 이렇게 내 집으로 찾아올 줄이야. 군부가 궁전으로 쳐들어왔을 때 미리 알고 피신한 건가?"

여왕이 쓸쓸하게 고개를 저었다.

"자다가 군사들이 반란을 일으켜 쳐들어왔다는 말을 듣고 급하게 도망쳤습니다."

"저런, 그래서 지금도 도망 다니는 중이고?"

"네."

"어린 나이에 고생이 많구나."

푸른달이 혀를 차며 말했다.

"그건 그렇고, 두 사람이 왜 같이 있나?"

여왕이 대답했다.

"궁전에 같이 있다가 난리가 났을 때 같이 피신했습니다."

"궁전에 같이 있었다고?"

그렇게 말한 뒤 푸른달은 눈을 치켜떴다.

"아 맞다, 그렇지. 자네가 용의 여의주를 찾는다는 대국민 발표를 했지. 그리고 며칠 후에 김민혁이 내게 와서 여의주를 빼앗아 갔고. 그래, 이제 앞뒤가 맞는구만."

용의 은은한 미소를 보고 민혁은 자신과 여왕이 왜 용인 자기를 찾아왔는지 용이 이미 알고 있다는 걸 느꼈다. 하지만 용은 짐짓 모르는 척 물었다.

"그래서 두 사람은 나를 왜 찾아온 건가?"

민혁이 여왕을 쳐다보자 여왕이 말했다.

"선생님에게 한 가지 부탁을 하러 왔습니다."

"무슨 부탁인데?"

"제가 정권을 장악한 반란군을 무찌르고 다시 왕위를 되찾게 도와주십시오. 물론 아무 대가 없이 도와달라는 게 아닙니다. 선생님에게서 빼앗아 간 여의주를 돌려 드리겠습니다."

여왕은 그렇게 말한 뒤 고개를 숙였다.

"선생님의 여의주를 빼앗아 간 저희의 무례를 사과드립니다. 그러니 부디 저를 도와주십시오. 무도한 반란군을 몰아내고 다시 이 나라에 왕권이 바로 설 수 있게 해주십시오. 부탁드립니다."

잠시 침묵이 흘렀다. 민혁은 용이 무슨 생각을 하는지 표정을 읽어보려고 했지만 알 수 없었다.

"재미있군."

이윽고 용이 입을 열었다.

"재미있지 않나?"

"네?"

여왕이 물었다.

"역사가 반복되는 게 말이야. 예전에, 그러니까 자네들의 시간으로는 한참 옛날에 자네의 선조가 내게 도움을 청했던 적이 있었지. 외적의 침입으로 고통받는 백성들을 구하게 도와달라고 말이야."

여왕이 눈을 가늘게 떴다.

"무슨 말씀이신지……."

"그 이야기를 모르나? 내가 자네의 선조를 도와 외적을 몰아내고 나라를 세우는 걸 도왔는데 말이야."

민혁과 여왕은 동시에 헉하고 숨을 들이마셨다.

"그, 그렇다면……."

여왕이 말했다.

"선생님께서 삼천 년 전에 저희 태조를 도우셨던 그 고대의 용이라는 말씀인가요?"

"그래."

여왕이 더듬거리며 말했다.

"그렇군요. 전 여태까지 그 건국 신화가 비유적인 이야기라고 생각하고 있었습니다. 그런데 건국의 주인공을 이렇게 직접 뵙다니…… 정말 영광입니다."

"하하, 영광일 것까지야."

푸른달이 기분 좋게 웃으며 말했다. 민혁이 물었다.

"그러면 선생님은 지난 삼천 년 동안 여기에만 계셨나요? 나라를 세우신 후 홀연히 사라지신 걸로 알고 있거든요."

"그렇지. 내가 주로 집에 있는 걸 좋아해서. 사실은 그때도 그다지 밖에 나가고 싶지 않았는데, 자네의 선조가 하도 간절하게 부탁해서 할 수 없이 그를 도우러 나갔네. 물론 좋은 일이니까 해야 한다는 의무감도 있었고."

"삼천 년 동안 이 동굴 안에만 계셨다고요? 그럼 답답하지 않나요?"

민혁이 물었다.

"전혀. 그리고 삼천 년이 인간들에게는 긴 시간일지 몰라도 나한테는 그리 긴 시간이 아니야."

그러면서 푸른달은 여왕에게 눈길을 돌렸다.

"자네 선조는 정말 대단한 영웅이었지. 그때도 그랬지만 지금은 그런 사람이 더더욱 드물어. 난 그의 후손들이 이 나라를 다스리는 걸 보면서 그중 누구도 태조를 능가하는 사람이 없다고 생각했네. 그런데 어느 날 그의 먼 후손이 여의주를 갖고 싶다고 하자 어떤 소년이 와서 내 여의주를 빼앗아 갔고, 지금은 다시 그 여의주를 갖고 와서 자기를 도와달라고 하고 있지 않나? 건국에 이어 두 번째로 이 나라의 왕이 나에게 도움을 청하는 건데, 세상일이라는 게 참 재미있지 않나?"

여왕은 말을 잇지 못했다. 민혁은 그녀가 무슨 대답을 할지 궁금했지만, 여왕 역시 할 말을 찾지 못한 것 같았다.

푸른달이 말을 이었다.

"군부를 몰아내는 걸 도와달라고? 그래, 도와주겠네. 여의주를 돌려준다면 나도 자네들을 도와 반란군을 쫓아내 주지. 대신 한

가지 조건이 있어."

여왕이 눈을 깜박였다.

"어떤 조건이죠?"

푸른달은 크고 까만 눈으로 어린 여왕의 얼굴을 잠시 들여다
보더니 말했다.

"왕위에서 물러나게."

"네?"

민혁과 여왕은 동시에 외쳤다.

"그게 무슨 말씀인지……."

"군부를 몰아내고 자네가 다시 정권을 잡게 되면, 곧바로 이
나라의 정치 체제를 민주정으로 전환하게. 그게 내 조건이야."

논
쟁

한동안 침묵이 이어졌다. 민혁도 당황하긴 했지만 여왕은 정말 제대로 충격을 받은 것 같았다. 이건 두 사람이 상상도 하지 못한 상황이었던 것이다.

당황한 표정을 짓고 있던 여왕이 정신을 차리고 조심스럽게 물었다.

"그러니까, 선생님 말씀은…… 선생님은 민주주의를 원하신다는 건가요?"

"그렇네."

푸른달이 대답했다.

"그게 이 나라를 위해서 가장 좋은 일이라고 생각하네. 물론 자네를 위해서도."

"왜 그게 저를 위해서 좋은 일이라는 거죠?"

"자네는 주권을 국민에게 스스로 이양한 왕이라는 명예를 남길 테니까."

"잠깐만요, 잠깐만요."

여왕이 손을 내저었다.

"말도 안 됩니다. 민주정이라니, 말도 안 돼요."

"왜 말이 안 된다는 거지?"

"이 나라의 왕은 접니다. 그 사실은 절대 바뀔 수 없어요."

"얼마든지 바뀔 수 있어."

푸른달이 부드럽지만 단호하게 말했다.

"자네는 이미 왕이 아니야. 그걸 잊고 있었나?"

"그건 무도한 반란군이 잠시 권력을 찬탈했기 때문입니다!"

"그게 잠시일지, 아니면 오래갈지 누가 알겠나?"

"선생님께서 도와주신다면 반란은 단숨에 정리될 수 있을 겁니다. 그래서 도움을 요청하러 온 것입니다."

"내 도움을 받고 싶다면 주권을 국민에게 이양하겠다고 맹세하게. 나와 불의 계약을 맺는 거야. 그러면 반란군을 몰아내는 걸 도와주지."

여왕이 세차게 고개를 저었다.

"선생님, 뭔가 오해를 하신 것 같습니다. 저는 민주정을 위해 선생님을 찾아온 게 아닙니다. 빼앗긴 저의 왕좌를 되찾기 위해서 온 겁니다."

"알고 있네. 그래서 난 자네에게 잠시나마 왕위를 되찾게 해주겠다는 거야."

"왕이 된 다음에는 곧바로 민주정으로 전환하라는 건가요?"

"그렇지."

"그렇다면 저는 왕위를 다시 잃는 것이나 마찬가지 아닙니까!"

"전혀 그렇지 않네. 반란군은 자네의 권력을 빼앗았지만, 자네는 되찾은 권력을 스스로 내려놓는 것이네."

"저는 왕권을 내려놓을 마음이 전혀 없습니다."

"그렇다면 나도 도와줄 수 없네."

민혁은 지금 이게 무슨 상황인가 싶어 여왕과 용을 번갈아 쳐다봤다. 여왕은 살짝 화가 난 것 같았다.

"선생님, 솔직히 말씀해 주십시오."

"뭘 말인가?"

"저에게 왕위를 포기하라고 요구하시는 속뜻이 무엇인가요? 혹시 제가 여의주를 가져오라는 대국민 발표를 한 것 때문에 화가 나셨다면, 다시 한번 사과드립니다. 그건 정말이지 어리석은……."

"그 일로 화가 좀 나긴 했지. 얼굴에 화살을 맞았는데 화가 안 날 수가 있나."

그렇게 말하며 푸른달은 민혁을 슬쩍 쳐다봤다. 민혁은 부끄러워 고개를 숙였다. 푸른달이 말을 이었다.

"하지만 이건 그 일과 무관하다네."

"혹시 돈을 원하시는 건가요?"

여왕이 깊은숨을 몰아쉬며 말을 이었다.

"좋습니다. 만약 선생님께서 반란군을 몰아내는 데 성공하신 다면, 제가 가진 모든 보물의 절반을 드리겠습니다."

민혁은 깜짝 놀라 여왕을 쳐다봤다. 하지만 여왕은 진심인지 단호한 표정이었다. 그러나 푸른달은 혀를 차며 대답했다.

"난 돈 같은 걸 원치 않아."

"제가 얼마나 많은 보물을 가졌는지 모르시는 것 같은데……."

"알아. 자네가 세계 제일의 부자라는 건 세상 모두가 알고 있지. 하지만 난 돈 같은 거 필요 없어."

"세상에 돈이 필요 없는 사람이 어디 있습니까?"

"난 용이라네."

푸른달이 빙긋 웃으며 말했다.

"좋습니다, 알겠습니다."

여왕은 크게 고개를 끄덕였다.

"그렇다면 돈보다 더 귀중한 것을 드리겠습니다. 만약 제가 왕위를 되찾는 걸 도와주신다면, 선생님을 이 나라 국무총리로 임명하겠습니다."

"뭐라고?"

푸른달이 어이없다는 목소리로 물었지만 여왕은 진지했다.

"국무총리가 어떤 자리인지 아시겠지요? 일인지하 만인지상의 자리입니다. 왕을 제외한 모든 사람을 능가하는 권력을 선생님에게 드리겠습니다. 물론 선생님을 종신직으로 임명할 것입니다."

"난 권력 같은 거 필요 없네. 아니, 오히려 그런 걸 싫어하는 편에 가깝지."

"권력이 싫다고요?"

여왕의 얼굴이 일그러졌다.

"어째서…… 선생님, 혹시 저와 공동으로 왕권을 나눠 갖기를 원하시는 건가요?"

"전혀. 나는 모기 털끝만큼의 권력도 원치 않네. 권력 때문에 그런 제안을 하는 게 아니야."

여왕은 심각한 표정으로 한참을 고민했다. 그러더니 뭔가 굳은 결심을 한 듯 고개를 들었다.

"알겠습니다. 그렇다면 이렇게 하시죠. 제가 만약 왕위를 되찾는다면, 이 나라 영토 삼분의 일을 선생님에게 드리겠습니다."

그래도 푸른달은 절레절레 고개를 저었다. 용의 수염이 부드럽게 흔들렸다.

"땅을 나에게 줘서 뭘 하란 말인가? 난 그저 이 동굴 안에 있는 게 가장 편한데, 그렇게 넓은 땅을 준들 그걸로 나한테 뭘 하라는 것인가?"

"선생님이 그 땅을 마음대로 통치하시는 겁니다."

"필요 없어."

용이 딱 잘라 말했다.

"나는 돈과 권력과 영토를 원해서 자네와 거래하려는 게 아니야. 난 오로지 민주주의를 염원하는 마음에서 자네에게 제안하는 거네."

"민주주의를 왜 원하시는 겁니까?"

"그것이 가장 합리적이고, 가장 정의로운 체제니까."

용의 목소리는 여전히 부드러웠지만 단호하게 울렸다. 여왕이 고개를 저었다.

"선생님, 민주주의는 합리적이지도, 정의롭지도 않습니다."

"어째서?"

"이 나라가 민주정이 된다고 가정해 보죠. 그렇다면 이 나라의 모든 국민이 전부 자기가 왕이라도 된 것처럼 설칠 것입니다."

"그게 잘못된 것인가?"

"당연히 잘못된 거죠!"

여왕이 외쳤다.

"어떻게 모든 사람이 왕이 될 수 있습니까? 하늘에 태양이 둘일 수 없듯 나라에 왕은 오직 한 명이어야만 합니다."

"국가의 주권을 천체와 비교하지 말게. 그건 잘못된 유비추리의 오류야."

용이 딱 잘라 말했다.

"오류가 아닙니다. 현명한 한 명의 왕이 나라를 다스릴 때와 수

많은 민중이 난립하는 경우를 비교해 보세요. 저는 태어났을 때부터 평생을 왕이 되기 위해 훈련받고 교육받았습니다. 반면 대중의 상당수는 지식이 없고, 상당수는 어리석으며, 상당수는 아무 생각이 없으며, 상당수는 도덕적이지 못합니다. 그런데 그런 다수에게 주권을 준다면 나라가 어떻게 되겠습니까?"

"자네는 자네의 국민이 무식하고 못된 사람들이라는 건가?"

푸른달의 물음에 여왕은 뜨끔했는지 잠시 망설이는 표정을 짓다가 입을 열었다.

"그런 뜻이 아닙니다. 제 나라의 국민은 대체로 선량하고 지혜로운 사람입니다. 다만 아무리 발전한 선진국이라도 어리석은 상당수의 사람은 있을 수밖에 없습니다."

"그건 그렇겠지."

"그런데도 주권을 국민에게 줘야 합니까?"

"그러니 국민이 합의를 통해 도출한 결론으로 나라를 다스려야지."

"수천만 명의 사람이 매일 토론이라도 해야 한다는 겁니까?"

"그게 가장 좋겠지만, 현실적으로 그건 불가능할 테니 선거를 통해 대표자를 선출하는 절차를 도입해야겠지. 간접 민주주의 말일세."

"그렇다면 더욱 큰 문제가 발생할 것입니다. 민중의 대표를 자처하는 사람들은 표를 얻기 위해 비현실적이거나 옳지 못한 약속을 하여 국민을 유혹할 것이고, 사람들은 거기에 넘어가 잘못된 사람을 대표로 선출할 것입니다."

"그럴 수도 있겠지."

용이 고개를 끄덕였다. 용이 동의하자 여왕은 자신 있게 말을 계속했다.

"그렇다면 능력과 자격이 없는 사람이 왕이 되는 것이나 마찬가지입니다. 그런 사람이 왕이 된다면 나라가 어찌 되겠습니까? 자칫하면 나라가 망할 수도 있습니다."

"그럴 수도 있겠지."

여왕이 눈을 찌푸렸다.

"그걸 아시면서도 민주주의를 원하시는 겁니까?"

"만약 국민이 잘못된 사람을 대표로 뽑아 나라가 망한다면, 어쩔 수 없지. 그에 대한 책임도 국민에게 있는 거야. 나는 자네가 국민에게 권력만을 줘야 한다고 말하는 게 아닐세. 나라를 다스리는 책임도 함께 주라는 것일세."

"나라가 망한다면 그때는 어떻게 책임진다는 겁니까?

"그럼 내가 뭐 하나 물어보지. 자네는 왕이 다스리는 나라는 절대 망하지 않는다는 건가?"

"물론 왕정 국가도 망할 수 있겠죠. 세상에는 능력과 자격이 없는 왕도 얼마든지 있을 테니까요. 그렇지만 어린 시절부터 나라를 다스리는 법을 배우고 국민을 위해 인생을 바치겠다고 각오

한 사람이 나라를 다스릴 때와 대중을 현혹하여 권력을 차지한 자가 나라를 다스릴 때, 이 두 가지 중 어떤 경우에 나라가 망할 가능성이 더 크겠습니까?"

"왕정."

"진심이십니까?"

"물론이네."

여왕이 어처구니없어하며 물었다.

"그 이유가 무엇입니까?"

"그 전에 우선 짚고 넘어가야 할 게 있는데, 자네는 아무래도 나라를 다스릴 지도자에 걸맞은 사람을 국민이 알아볼 능력이 없다고 생각하는 것 같군."

"대다수는 그렇습니다."

"이 나라의 국민이 그렇다는 것인가?"

그 말에 여왕은 입을 다물었다. 용이 재차 물었다.

"그렇다면 자네는 국왕의 자격이 없네. 이 나라 국민이 제대로 교육받지 못했다는 것 아닌가?"

여왕이 머뭇거리며 대답했다.

"그런 뜻은 아니에요."

"그게 아니라면 국민이 올바른 지도자를 알아볼 능력을 갖추고 있다는 뜻이 아니겠는가?"

"그렇지만…… 물론 우리나라 국민은 선진적인 교육을 받고 있습니다. 국민의 교육열도 높고요. 하지만 제대로 교육받았다는 사실이 올바른 지도자를 알아보는 능력을 기르게 해 주지는 않습니다."

"어째서?"

"그건…… 그것은 교육으로 해결할 수 있는 일이 아닙니다."

"그럼 그런 능력은 무엇으로 기를 수 있는 것인가? 자네는 아까 자네가 태어났을 때부터 왕이 되기 위한 교육을 받았다고 하지 않았나? 그런데 지금은 교육으로는 지도자를 평가하는 능력을 기를 수 없다고 말하고 있군. 모순이잖아."

여왕이 이마의 땀을 닦으며 말했다.

"선생님, 왕은 하늘이 내는 것입니다. 하늘의 선택을 받은 자가 나라를 다스려야 천하가 어지럽지 않고 평화로운 것입니다."

"누가 그러나?"

"이는 저희 왕조에서 삼천 년 동안 전해 내려오는 신조입니다."

"어떤 생각이 오랫동안 유지되었다는 사실이 그 생각이 옳다는 근거가 되지는 못하네."

"그렇지 않습니다. 어떤 생각이 오랫동안 이어져 왔다는 건 그 생각이 충분히 그럴듯한 이유가 있기 때문입니다."

"대부분 왕조에서는 수천 년 동안 왕은 남자만 해야 한다는 신조가 지배했네. 이 나라도 오랫동안 그래왔고. 자네 말대로라면 자네는 그 생각에 동의하겠군?"

여왕은 잠시 말문이 막힌 것 같았으나 곧 다시 말을 이었다.

"그건 완전히 다른 문제입니다. 시대가 달라지면 달라져야 하는 생각도 있는 법입니다."

"다를 것 없네. 시대가 달라졌으니 주권도 이제는 국민에게 주어져야지."

"그 근거가 무엇입니까?"

"국민이 민주주의를 원하지 않나? 설마 자네는 구중궁궐 속에 갇혀 있느라 국민이 오랫동안 민주정을 요구해 온 것을 몰랐나?"

"그건……."

민혁이 보기에 여왕은 할 말을 찾느라 애쓰는 것 같았다.

"그건 제가 다소 부덕하여 국민이 일시적으로 저의 통치에 불만을 가졌던 것뿐입니다. 제가 더 지혜롭게 나라를 다스린다면 국민도 더 이상 민주정을 요구하지 않을 것입니다."

"그렇지 않아. 국민은 세상에서 가장 지혜로운 왕이 다스리는 나라보다 국민에게 주권이 있는 나라를 원할 걸세."

"어째서요?"

"사람은 누구나 같은 욕망이 있거든. 자네가 권력을 원하는 것처럼, 모든 인간은 권력과 자유와 주체성을 원한다네. 누군가의 통치를 받는다면 자신이 직접 선출한 사람의 통치만을 받고 싶어 하며, 선출한 사람이 마음에 들지 않는다면 다음 선거에서 다른 지도자를 선출하거나 아니면 다음 선거까지 기다리지 않고 당장 그 사람을 지도자 자리에서 쫓아내고 싶어 하지. 그렇게 되는 것이 바로 자네가 말한 것처럼 시대가 달라짐에 따라 달라져야 하는 생각일세."

"선생님, 제가 앞서 말씀드렸다시피 국민이 직접 지도자를 선출하게 된다면 감언이설로 국민을 현혹해 나라를 망치는 자를 지도자로 선출할 가능성이 높습니다. 이것은 그 나라 국민이 아무리 교육을 잘 받았다고 해도 어쩔 수 없는 일입니다."

"자네의 주장을 그대로 적용하자면, 어떤 사람이 아무리 왕이 되기 위한 교육을 받는다고 해도 나라를 망치는 왕이 될 수 있다는 것 아니겠는가?"

여왕은 대답하지 못했다. 푸른달이 말을 이었다.

"그리고 또한 국민에게 민주정을 준다면, 국민은 올바른 지도자를 선출하기 위해 나름대로 최선을 다해 후보자들을 검증하는 절차를 거칠 걸세. 민주정의 국민이 아무 생각 없이 투표하리라고 생각하나?"

"하지만 그 검증 절차는 완벽하지 않을 것입니다. 아무리 검증을 열심히 한다 해도 능력과 자격이 없는 사람이 선출될 가능성은 얼마든지 있습니다."

"그건 왕정 역시 마찬가지 아닌가? 왕위 계승자가 아무리 교육을 잘 받는다고 해도 그가 능력 없는 왕이 될 가능성은 얼마든지 있지 않은가?"

여왕은 다시 대답하지 못했다.

"그렇다면 한 번 비교해 보세. 수많은 사람 앞에서 수차례 검증 절차를 거쳐 수많은 사람이 투표로 지도자를 선출하는 것과, 단지 운 좋게 왕의 자식으로 태어난 한 사람을 열심히 교육해 그가 올바른 지도자가 되길 기대하는 것, 이 두 가지 중 어떤 경우가 더 현명한 지도자를 만들어 내겠는가?"

이번에도 여왕은 대답하지 못했다. 푸른달은 여왕이 대답할 때까지 기다렸다. 민혁도 옆에서 기다렸다.

여왕은 고개를 숙인 채 생각에 잠겨 있었다. 민혁은 자신이 그녀라면 뭐라고 대답할지 생각해 보았다.

'나라면 그냥 왕위를 포기하지 뭐. 어차피 나한테 왕 같은 건 맞지도 않으니까.'

그때 여왕이 입을 열었다.

"그래요, 인정합니다. 선생님의 지적도 어느 정도 일리는 있습니다. 하지만 선생님, 저희 가문은 삼천 년 동안 이 나라를 다스렸습니다. 왕정에 반대하는 사람들 역시 이미 왕정에 익숙해져 있기에, 만일 한순간에 왕정이 민주정으로 바뀐다면 엄청난 혼란이 일어날 것입니다."

"그러니까 나라와 국민이 혼란스럽지 않은 전환이 되도록 자네가 마무리하고 떠나야지. 그게 자네가 왕으로서 해야 할 마지막 과업이 될 걸세."

"선생님!"

여왕이 목소리를 높였다.

"이 나라 국민은 아직 민주주의를 받아들일 준비가 되지 않았습니다!"

"어째서?"

"민주주의는 허점이 많습니다. 결코 완벽한 체제가 아닙니다."

"그럼, 왕정은 완벽한가?"

"왕정이 실패할 가능성보다 민주정이 실패할 가능성이 훨씬 높습니다. 사공이 많으면 배가 산으로 가고, 왕이 많으면 나라가 분열될 것입니다."

"왕정이 실패할 가능성이 더 크네. 국가라는 거대한 집단을 한 사람이 평생 마음대로 휘두르게 하는 제도가 실패할 가능성이 훨씬 더 크지. 그리고 왜 민주정을 사공이 많은 배라고 생각하는가? 국민이 선출하는 정치인의 최종적인 대표는 한 명일 수도 있잖나. 물론 주기적으로 선거를 통해 그 대표를 바꿔야겠지만."

"만약 국민의 고른 지지를 받지 않은 자가 대표로 선출된다면 사회는 혼란이 생기고 분열될 것입니다."

"자네는 국민의 고른 지지를 받아 왕으로 태어났나?"

그 말에 여왕은 말문이 막혔다. 푸른달이 말을 이었다.

"왕정이든 민주정이든 허점은 많네. 왜냐하면 인간 세상에 완벽한 것이란 존재할 수가 없거든. 나는 민주정이 절대적으로 올바른 체제라고 주장하는 게 아니야. 다만, 민주정은 그 모든 정치 체제 중 가장 덜 나쁜 체제일세. 자네 나라의 국민도 바로 그렇기에 자네에게 민주주의를 요구하는 것이네."

"어째서, 어째서……."

여왕이 할 말을 찾으려 애썼다.

"어째서 이 나라의 모든 이가 권력을 나눠 가져야 한단 말입니까? 그저 이 나라 국민으로 태어났다는 이유만으로 주권을 가질 자격이 있다는 것입니까?"

여왕이 부르짖었다.

"그것은 옳지 않습니다!"

"그렇다면 자네는 누군가의 자식으로 태어났다는 이유만으로 주권을 모두 가져야 한다는 것인가?"

"저는 선택받은 사람입니다!"

"자네가 선택받았다는 증거가 무엇인가?"

"왕은 하늘이 내는 것이며, 저는 그 왕조의 후계자로 태어났습니다."

"그러니까 그 주장의 증거가 있느냐는 말일세. 혹시 하늘이 자네를 왕으로 임명한다는 증명서라도 발급해 줬나?"

"제가 왕위 후계자로 태어났다는 것이 그 증거입니다."

"그건 순환 논증의 오류네."

"네?"

"그게 무슨 뜻인지는 알겠지? 설마 모르는 건가?"

여왕은 화가 잔뜩 난 얼굴로 용을 노려보았다.

"좋습니다. 선생님은 계속해서 왕정의 정당성을 부정하시는데, 그렇다면 민주정을 설립해야 할 정당성은 무엇입니까?"

"국가란 모든 국민의 합이니까 국가 권력 역시 모든 국민이 나눠 가져야 해."

"왜 그렇죠?"

"그게 당연한 것 아니겠나? 국가는 엄청나게 많은 사람으로 이루어진 어마어마하게 커다란 집단이야. 그렇게 거대한 집단을 다스릴 의사 결정권을 단 한 사람이 모두 갖는다는 게 말이 되나? 자네가 국민 전체를 창조했다면 모를까, 아니 설령 창조했다고 해도 혼자 국가 전체의 권력을 독점할 자격은 없어. 왜냐하면 통치자의 명령은 국가 구성원 전체의 인생과 운명을 좌우하기 때문일세. 그렇다면 자신의 인생과 운명에 대한 통제권을 각각의 구성원이 결정해야지, 그것을 어떻게 한 인간이 좌우한단 말인가? 그건 공평하고 정의로운 일이 아닐세. 설령 만물을 창조한 신이라 할지라도 그럴 자격에 대해서는 의문이 생길 터인데, 자네는 심지어 신도 아니지 않은가?"

여왕은 여전히 매서운 눈빛으로 용을 쏘아봤다. 용의 커다란 검은 눈은 그 눈빛을 그대로 받아치며 여왕을 응시했다.

민혁이 보기에 여왕은 용을 보는 게 아니라 용의 커다란 눈에 비친 자기 자신을 노려보는 것만 같았다. 그는 여왕이 용의 눈에 비친 자기 모습을 보며 무슨 기분을 느낄지 궁금했다.

한참 동안 용을 노려보던 여왕이 천천히 입을 열었다.

"그래서, 원하시는 게 뭡니까?"

"이미 말하지 않았나. 나와 불의 계약을 맺으세. 그게 뭔지는 알고 있겠지? 불의 계약을 한 뒤 내가 반란군을 몰아내는 걸 도와주면, 자네는 권력을 되찾은 직후 바로 정치 체제를 민주정으로 바꾸는 것일세."

"그렇게 하면 선생님에게 어떤 이익이 생기는 겁니까?"

"아무 이익도 없네."

"아무 이익도 없다면 왜 그런 제안을 하시는 겁니까?"

"그것이 정의로운 길이라고 생각하기 때문이네. 자네도 알겠지만, 정의와 이익이 항상 일치하는 것은 아니라네. 그리고 난 전자를 택했네."

"정의라고요?"

"그래."

용이 고개를 끄덕였다.

"그것은 매우 조심스럽게 다뤄야 하는 것이지. 내가 오랜 세월 동안 인간 세상의 일에 관여하지 않은 이유도 그 때문일세."

"그런데 왜 지금은 민주정을 요구하시는 겁니까?"

"세상이 그걸 원하니까. 그리고 자네가 세상의 운명을 걸고 나와 거래를 하려고 하니까. 불의 계약은 함부로 맺을 수 있는 게 아니야. 특히 자네가 내게 요구하는 계약은 단지 우리 둘의 목숨만 걸린 일이 아니지."

여왕은 이번에도 대답하지 못했다. 푸른달의 말이 계속 이어졌다.

"세상을 바꿀 수 있는 힘은 오직 이 세상 자체에 주어져야 하네. 나는 그저 조력자에 불과할 뿐이야. 올바른 통치자가 그러하듯이 말일세. 자네도 진정한 왕이라면 그 사실을 깨달았을 거라 보는데."

"저도 알고 있습니다. 그래서 저 역시 저만의 사욕을 위해 이런 부탁을 드리는 게 아닙니다."

"정말 그런가?"

그렇게 물으며 용은 여왕의 얼굴을 들여다보았다. 용의 눈에 비친 여왕은 초조해 보였다. 여왕은 그런 본인의 모습에서 눈을 돌리며 말했다.

"선생님, 선생님은 돈도 권력도 땅도 원치 않는다고 하셨습니다. 그렇다면 제가 정말로 푸른달 선생님에게 제공할 수 있는 게 없을까요?"

"말하지 않았나."

"아니요. 민주정 말고, 선생님 본인에게 이익이 되는 거 말입니다. 선생님이 진정으로 원하시는 게 무엇입니까?"

용의 커다란 눈이 진지해졌다.

"자네가 올바른 선택을 하는 것."

여왕의 얼굴이 일그러졌다.

"그건 선생님이 진정으로 원하시는 게 아니잖습니까?"

"자네는 욕망이 곧 사리사욕이라 생각하고 있군. 하지만 전혀 그렇지 않아. 세상에는 자신의 직접적인 이익과 상관없는 가치를 추구하는 사람이 얼마나 많은가? 나 역시 그런 점에서 그러한 인간들과 크게 다르지 않네."

여왕은 입술을 깨물었다. 잠시 침묵 끝에 여왕이 다시 입을 열었다.

"선생님의 제안을 받아들일지 말지를 지금 당장 답해야 하는 건가요?"

"아니, 얼마든지 시간은 있네. 보다시피 나는 시간이 많거든."

"그럼 잠시 생각 좀 하고 와도 되겠습니까?"

"물론이지."

여왕은 몸을 돌려 한쪽으로 걸어갔다. 민혁은 여왕을 쫓아갔다.

"어디 가?"

"잠깐 생각 좀 하고 올게."

"밖으로 나가려고?"

"아냐, 그냥 저쪽에 있을게. 잠깐이면 돼."

그러더니 여왕은 다시 푸른달에게 물었다.

"혹시 이 안에서 밖으로 통화가 연결되나요?"

"물론이지. 인터넷도 연결되어 있어."

그러자 여왕은 주머니에서 휴대전화를 꺼내 들고 걸어갔다.

민혁은 제자리에 선 채 그녀가 멀어지는 것을 지켜보았다. 여왕은 몇십 미터 정도 떨어진 곳에 있는 기둥에 몸을 기대더니 휴대전화를 들여다보다가 잠시 후 누군가에게 전화를 걸어 통화하기 시작했다.

그 모습을 잠시 보던 민혁은 고개를 돌려 푸른달을 쳐다봤다. 푸른달 역시 여왕을 잠시 보다가 민혁에게 시선을 돌렸다. 둘의 시선이 마주쳤다.

"저 아이랑 친해졌니?"

푸른달이 물었다.

"그럭저럭 친해진 것 같아요."

민혁이 웃으며 대답했다.

"같이 고생을 좀 했거든요. 그리고 저 친구가 지금은 저래도 나름대로 착한 성격인 것 같아요."

"그건 나도 알고 있다. 저 아이가 재위하는 동안 자신의 사리사욕을 채우지 않고 나라를 잘 다스리기 위해 애썼다는 건 다들 알고 있잖아. 저 아이는 진심으로 좋은 왕이 되고 싶어 하는 것 같구나."

"그러게요. 혹시 그게 나쁘다고 생각하세요?"

"가장 좋은 건 아니라고 생각한단다."

민혁은 고개를 끄덕였다.

"그리고 전 정치 같은 건 잘 모르지만, 같이 며칠 동안 지내면서 느낀 건데 왕으로서가 아니라 인간적으로도 린이는 좋은 친구 같아요."

"그럴 것 같아. 예의 바른 아이잖아."

민혁은 잠시 망설이다가 어렵게 말을 꺼냈다.

"저기, 있잖아요."

"응."

"다시 한번 사과드릴게요."

민혁은 머뭇거리며 말했다.

"선생님에게 화살을 쏘고 여의주를 빼앗아 간 것 말이에요."

그러자 푸른달은 미소를 지었다.

"이미 사과했잖아. 그리고 네가 진심으로 미안해한다는 걸 알고 있어."

"그래도 다시 한번 사과할게요. 정말 그래서는 안 되는 거였는데……."

"어쩔 수 없지 뭐. 너도 목숨이 걸린 위험한 상황이었으니까 그렇게 한 거잖아."

민혁은 고개를 주억거렸다.

"아무튼 죄송합니다."

"괜찮아. 이제 그 일은 잊어버리자."

용은 그렇게 말한 뒤 조심스럽게 물었다.

"혹시 부모님이 원망스럽지는 않니?"

"저희 부모님이요?"

"그래. 너희 부모님이 마녀와 계약하는 바람에 네가 이 모든 일에 휘말리게 된 거잖아."

민혁이 가볍게 웃었다.

"처음에는 좀 화가 났어요. 근데 솔직히 말하면 지금은 별로 원망스럽지 않아요. 그러니까 이건 제가 생각하기에도 좀 이상한 건데, 부모님 때문에 죽을 위기에 처한 건 사실이지만 부모님에게 그렇게 화가 나지는 않아요. 그냥 뭐, 그랬나 보다 하는 생각이 드네요."

"그래? 넌 정말 관대한 사람이구나."

"하하, 아니에요. 그런 건 아니고…… 그냥 너무 갑작스럽게 일이 터지기도 했고, 또 부모님을 못 본 지 너무 오래돼서 그런 것 같아요."

"너희 부모님은 지금 어디 계시는지 알아?"

"마녀의 말이 부모님의 생명 신호가 끊어졌대요. 죽었다는 뜻이겠죠. 제 생각에는 선생님을 사냥하려고 이 산에 왔다가 늑대에게 잡아먹힌 것 같아요."

"저런……."

용이 안타까운 소리를 냈다.

"이 산에 늑대가 많기는 하지. 음, 그럼 혹시 부모님이 보고 싶지는 않아?"

민혁은 눈으로만 웃으며 말했다.

"조금요."

"조금?"

"네, 조금. 보고 싶어 못 견디겠다는 수준은 아니고, 그냥 가끔 생각나는 정도예요. 제가 이상한 건지도 모르지만."

"아니야, 그럴 수 있어. 충분히 이해해."

푸른달이 고개를 끄덕였다.

"내 여의주를 갖고 저 아이에게 가니까 여왕이 약속대로 보물의 절반을 주겠다고 했니?"

"네. 물론 하루 만에 반란이 일어나서 보물을 하나도 챙기지 못하고 궁전에서 도망치긴 했지만요. 아마 반란이 일어나지 않았다면 린이는 진짜로 약속을 지켰을 것 같아요. 저를 직접 보물 창고로 데려가 보여주기까지 했거든요."

"오호, 그렇다면 진심이었겠군. 참 기특한 아이구나. 약속을 지키는 정치인은 흔치 않은데 말이지. 그것도 그렇게 큰 약속을 서슴없이 지키는 사람은 더욱 드물고 말이야. 많은 정치인이 지킬 마음이 전혀 없는 공약을 선거에서 오직 표를 얻기 위해 내세우기만 하거든."

"그런데도 민주주의가 옳다고 생각하시는 거예요?"

"그래. 물론 절대적으로 옳다고 생각하지는 않아."

민혁은 고개를 끄덕였다.

"음, 무슨 말씀인지 알 것 같네요."

푸른달이 물었다.

"만약 반란이 일어나지 않고 여왕의 보물 절반을 무사히 갖게 되었다면 그걸로 뭘 했을 거야?"

민혁은 쓴웃음을 지었다.

"그거 린이도 많이 물어본 거였는데. 사실 저도 잘 모르겠어요. 일단 지금까지는 마녀의 계약에서 벗어나는 것 말고는 아무 생각이 없었거든요."

"그래도 평소에 갖고 싶었던 것이나 하고 싶었던 게 있었을 거 아니야?"

"음…… 솔직히 평소에도 딱히 원하는 건 없었어요."

민혁은 어깨를 으쓱했다.

"정말? 원하는 게 없다고?"

푸른달이 눈을 치켜뜨며 물었다.

"물론 아예 하나도 없다는 건 아니지만, 간절히 원하는 건 딱히 없어요. 그래서 많은 돈이 생겨도 그걸 어디에 써야 할지 잘 모르겠어요."

"흠, 간절히 원하는 게 없다니… 넌 정말 특이한 사람이구나. 대부분의 사람들은 원하는 게 아주 많거든."

"그렇죠. 전 그런 사람들이 부러워요. 좋아하는 게 많고 하고 싶은 것도 많은 사람이요. 전 좋아하는 것도 딱히 없거든요."

"진짜? 어떻게 좋아하는 게 없을 수가 있지?"

"저도 모르겠어요."

"좋아하는 연예인도 없어? 아이돌 가수라던가."

"네. 딱히 없어요."

"그럼 놀 때는 뭐 하고 놀아?"

"그냥 친구들이랑 농구하거나 PC방에 가요. 근데 그것도 저한테 소중한 일이라서 하는 건 아니고, 그냥 시간 때우기로 하는 거예요."

"그럼 넌 꿈이 뭐야? 앞으로 어떤 사람이 되고 싶어?"

그 말에 민혁은 소리 죽여 웃었다.

"잘 모르겠어요."

"모른다고?"

"네."

푸른달은 혀를 찼다.

"저런, 꿈이 없으면 안 되지. 너 같은 청소년은 꿈으로 잔뜩 부풀어 오른 상태여야 하는데 꿈이 없으면 안 되지."

"그런가요?"

민혁이 한숨을 쉬며 말했다.

"그러게 말이에요."

둘은 잠시 말이 없었다. 민혁은 침묵을 깨려고 질문을 던졌다.

"선생님은 꿈이 뭐예요?"

"난 그냥 평화롭게 살다가 죽었으면 좋겠어."

"그게 전부에요?"

"그럼. 평화야말로 가장 값진 보물이란다. 그건 어떤 왕도 줄 수 없는 거야."

"그럼 선생님의 어린 시절 꿈은 무엇이었어요?"

그러자 푸른달은 웃음을 터뜨렸다.

"난 아직도 어려."

"네? 나이가 최소 삼천 살 이상이잖아요."

"삼천 년은 너희들 기준으로는 긴 시간이지, 용한테는 그렇게 긴 시간이 아니야. 난 아마 인간으로 치면 너나 여왕이랑 나이가 비슷할걸?"

"헉, 진짜요?"

"그럼."

푸른달은 민혁의 놀란 표정을 보고 웃음을 지었다.

"전 선생님이 그렇게 젊은 줄은 몰랐어요. 음, 그럼 있잖아요, 선생님이 이 세상에 남은 마지막 용인가요?"

"아마 그럴 거야."

"다른 용은 다 어디로 갔어요?"

"전부 멸종했어. 기후 변화 때문에."

"기후 변화요?"

"그렇지. 그게 그 어떤 무기보다도 용에게는 치명적이거든. 내가 태어났을 때는 이미 세상 거의 모든 용이 사라지고 없었어. 사실은 나도 어렸을 때 죽을 운명이었는데, 난 다른 용들과 달리 워낙에 집에만 있는 걸 좋아하는 성격이라 위험을 피할 수 있었지."

"그럼 밖으로 나가자마자 돌아가시는 거 아니에요?"

"그 정도는 아니야. 난 뱀파이어가 아니란다."

푸른달이 웃으며 말했다.

"그나저나 누구랑 무슨 통화를 저렇게 하는 걸까?"

푸른달의 말에 민혁은 여왕에게 시선을 돌렸다. 여왕은 누군가와 계속 열심히 통화하고 있었다.

"그러게요."

민혁이 그렇게 말하는 순간 여왕이 전화를 끊었다. 그리고 다시 스마트폰을 열심히 들여다보기 시작했다.

"제가 가서 한 번 말을 걸어볼까요?"

"그렇게 하렴."

민혁은 여왕에게 걸어갔다. 여왕은 스마트폰을 뚫어져라 보다가 고개를 들고 민혁을 쳐다봤다. 여왕은 충격에 빠져 멍한 얼굴이었다.

"왜 그래?"

민혁이 묻자 여왕은 스마트폰을 쥔 손을 힘없이 내려뜨렸다.

"바깥 상황이 너무 심각해지고 있어."

"무슨 일인데?"

여왕이 떨리는 목소리로 말했다.

"지금 우리나라 여러 곳에서 민주화를 요구하는 시위가 일어나고 있는 거 알아?"

"정말? 시위가 일어나고 있다고?"

"그래, 정권을 장악한 군부의 독재에 반대하는 시위가 전국적으로 일어나고 있어. 굉장히 격한 상황이래. 근데 더 큰 문제는 따로 있어."

여왕이 스마트폰을 가리키며 말했다.

"방금 비서실장님과 통화했거든."

"비서실장? 아, 그때 궁전에서 우리랑 만난 분?"

민혁은 궁전에 잠입했을 때를 떠올리며 물었다.

"맞아. 실장님 말이 군부가 시위를 초강경 진압할 계획이래. 공수부대를 보내서 시위대를 학살할 거라는 거야."

그 말에 민혁의 얼굴도 굳어버렸다.

"엄청난 인명 피해가 생길 거야. 어떻게 그런 짓을……."

여왕은 하얗게 질린 얼굴을 감쌌다.

"나의 국민이…… 어떻게 하면 좋지?"

민혁 역시 이마에 흐르는 식은땀을 닦았다. 공포가 밀물처럼 밀려오고 있었다.

민혁은 역사의 잔인한 흐름을 온몸으로 느꼈다. 비록 여왕이 민주정을 거부하긴 했지만, 그런 여왕을 몰아내고 권력을 잡은 군부는 국민을 학살하려 하고 있었다. 도대체 권력이 뭐라고 그러는 거지? 권력이 뭐길래 다들 이런 미친 짓을 하는 걸까?

'그만 놓아줘야 해.'

민혁은 고개를 들고 여왕을 응시했다.

'권력이라고 하는 이 괴물을 놓아줘야 해. 그게 우리 모두를 구하는 길일 거야. 그리고 이 아이를 구하는 일이기도 하고.'

민혁은 입을 열었다.

"린아."

민혁의 말에 여왕이 얼어붙은 얼굴을 돌렸다.

"그만 포기하자."

"뭘?"

"그만 권력을 내려놓자."

여왕은 이해가 가지 않는다는 표정이었다.

"용의 제안을 받아들이자. 용과 함께 군부를 몰아낸 다음 왕의 자리에서 물러나자. 민주주의 국가를 만드는 거야."

여왕은 잠시 멍한 표정으로 민혁을 보다가 고개를 세차게 저었다.

"그건 말도 안 돼."

"이대로 있으면 군부에 의해 대규모 학살이 일어날 거야. 사람들을 구해야지."

"그건 다 역적들 때문이잖아!"

여왕이 고함을 질렀다.

기둥 사이로 여왕의 고함이 메아리가 되어 울렸다. 민혁은 놀라지 않았지만 여왕은 자신의 목소리에 자기가 놀라 당황했다. 여왕은 심호흡을 한 번 한 뒤 말을 이었다.

"그래, 내가 부족했어. 반란군을 막지 못했으니까. 그러니 나에게 이 모든 일을 바로잡을 기회를 줘. 국민을 학살하려는 더러운 놈들을 몰아내고 내가 다시 평화롭게 치국할게."

여왕이 매달리듯 말했지만 민혁은 고개를 저었다.

"군부를 몰아낸다고 해도 네가 다시 권력을 잡게 되면 상황은 일시적으로 안정될 뿐이야. 용의 말이 맞아. 네가 다시 집권한 후에도 국민은 계속해서 민주정을 요구하며 시위할 거고, 너 역시 결국에는 권력을 지키기 위해서 국민을 무력으로 진압할 수밖에 없을 거야."

"아니, 난 그러지 않을 거야."

여왕의 말에 민혁은 슬픈 미소를 지었다.

"지금 그런 말을 하는 건 아무 의미가 없지. 지금은 너에게 아무 권력도 없으니까. 하지만 다시 권력자가 되는 순간 모든 건 달라져. 그건 네가 더 잘 알잖아. 권력자에게 가장 중요한 건 권력을 지키는 거 아니야? 그런 것 같은데."

"아니, 왕에게 가장 중요한 건 국민과 국가를 지키는 거야. 그게 왕의 첫 번째 의무야."

"그럼 그렇게 해."

민혁은 고개를 끄덕였다.

"용과 계약하고 국민을 구해."

여왕이 인상을 쓰며 소리쳤다.

"도대체 너까지 왜 그래?"

"너를 잃고 싶지 않으니까."

"뭐라고?"

"넌 좋은 사람이잖아. 네가 권력에 대한 집착으로 망가지는 걸 보고 싶지 않아. 넌 네가 군부랑 다르다고 생각하겠지."

"당연하지! 난 그 역적 놈들이랑 다르다고!"

"그건 네 생각이고. 국민이 보기에도 정말 다를까?"

"당연한 거 아냐? 난 내 국민을 절대로, 절대로 학살하지 않는다고! 자기 국민을 죽이는 왕은 왕으로서 자격이 없는 거야!"

"그래, 넌 국민을 죽이진 않겠지. 하지만 국민 위에 군림하고 싶어 하는 건 결국 군부랑 똑같잖아."

그러자 여왕은 할 말을 잃었는지 민혁을 멍하니 쳐다봤다.

"너나 군부나 말로는 자기들이 국가와 국민을 위해 어쩔 수 없이 권력을 차지해야 한다고 말하지. 하지만 정말 국민을 위해 그러는 거 맞아?"

"당연하지!"

"권력을 원하는 게 아니라?"

"국민에게는 내가 필요해! 이 나라에는 왕이 필요하다고!"

여왕이 발을 동동 구르며 소리쳤다.

"음, 내가 보기에는 그 반대 같은데. 너에겐 너를 왕으로 섬겨줄 나라가 필요한 거겠지."

"아니, 진짜 너까지 왜 그래? 내가 뭘 그렇게 잘못했어? 내 치국이 그렇게 나빴어?"

"아니."

"근데 왜 너까지 나한테 왕위에서 물러나라는 거야?"

"상황이 이렇게 되었잖아. 국민을 지키기 위해 왕위를 포기할수밖에 없다면, 기꺼이 왕위를 포기하는 게 진정한 왕 아니야?"

여왕은 잠시 민혁을 바라보다가 고개를 흔들었다.

"아니야, 아니야. 다른 방법이 있을 거야. 그래, 이렇게 하자."

여왕은 그렇게 말한 뒤 용을 향해 뛰어갔다. 민혁은 한숨을 쉬며 여왕을 따라갔다.

자초지종을 들은 푸른달의 눈빛이 무거워졌다. 그런 용에게 여왕이 매달리듯 말했다.

"제발 부탁이에요, 국민들을 구하게 도와주세요. 이대로 놔두면 수많은 사람이 죽을 거라고요."

한참을 침묵하던 용이 입을 열었다.

"그럼 민주주의를 받아들여."

"네?"

여왕이 뒷걸음질 쳤다.

"그러니까, 기어코 저와 계약하자는 거예요?"

"그래."

"계약하지 않으면 사람들이 죽도록 내버려 둘 거예요?"

"그래."

용이 담담하게 대답했다. 그러자 여왕은 얼빠진 얼굴로 용의 눈을 응시했다.

"어떻게, 어떻게 그렇게 잔인할 수가……."

여왕이 고함을 질렀다.

"어떻게 그럴 수가 있어! 수많은 사람이 죽을 거라고!"

"네가 막으면 되잖아. 막을 수 있잖아."

"나보고 왕위를 포기하라는 거잖아!"

"그래, 선택을 해."

여왕의 얼굴이 일그러지더니 눈에 눈물이 고였다. 여왕은 눈물을 훔치며 외쳤다.

"당신은 교활한 짐승이야."

"그럴 수도 있겠지. 하지만 너는 다르니? 국민의 목숨보다 권력이 더 중요한 거잖아."

"그렇지 않아! 권력 때문에 그러는 게 아니야! 이 나라에는 왕이 필요하다고!"

"군부도 아마 같은 생각을 해서 정권을 잡았을 거야. 내가 군부를 몰아내는 걸 도와준다고 해도, 왕정이 유지된다면 그건 미봉책에 불과해. 지금이 가장 좋은 기회야. 권력을 놓고 민주주의 국가를 만들어. 그게 아니라면 난 너를 도와줄 수 없어."

여왕은 소리 죽여 흐느꼈다. 용과 민혁은 그녀가 우는 것을 말없이 지켜봤다.

여왕은 울음을 그친 후에도 말을 하지 않았다. 민혁은 여왕에게 한 걸음 다가갔다.

"린아."

민혁이 부드럽게 말했다.

"난 네가 가치 있는 선택을 했으면 좋겠어. 부탁이야. 국민을 구하는 선택을 해."

"그리고 난 왕위에서 쫓겨나고?"

"쫓겨나는 게 아니라 국민을 지키기 위해 너 스스로 숭고한 선택을 하는 거지."

여왕은 눈물이 고인 눈을 들어 민혁을 쳐다봤다.

"숭고한 선택?"

"그래. 넌 좋은 사람이잖아. 넌 네가 생각하는 것보다 훨씬 좋은 사람이야. 네가 국민을 얼마나 걱정하고 사랑하는지 알아. 그래서 난 네가 올바른 선택을 했으면 좋겠어. 넌 할 수 있어."

여왕은 풀이 죽은 얼굴로 고개를 떨구었다. 잠시 훌쩍거리던 여왕이 중얼거렸다.

"우리 아버지는 나에게 국민을 사랑하는 왕이 되라고 하셨는데……."

민혁이 따뜻한 목소리로 말했다.

"민주정이 되어도 넌 여전히 왕일 거야. 민주정은 국민이 왕이니까. 넌 아버지의 말처럼 국민을 사랑하는 왕이 될 수 있어."

여왕은 대답이 없었다. 민혁은 그녀가 고개를 들고 다시 용에게 시선을 던지는 모습을 지켜봤다. 그리고 잠시 후 그는 그녀가 용을 보는 것이 아니라 용의 눈에 비친 자기 모습을 바라보고 있는 것임을 깨달았다.

용의 눈을 한참 동안 들여다보던 여왕이 눈물을 닦으며 물었다.

"제가 왕위를 포기하면, 정말로 국민들을 살려줄 거예요?"

"물론이지."

용이 부드럽지만 단호한 목소리로 대답했다.

"내 목숨을 걸고 맹세할게. 너도 네 목숨을 걸고 맹세하거라."

그러자 여왕은 다시 눈물을 닦았다. 그리고 결심한 목소리로 말했다.

"불의 계약을 맺을게요."

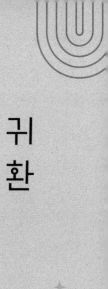

귀
환

다랑산에 사는 늑대들은 그날도 양지바른 곳에 누워 평화롭게 햇볕을 쬐고 있었다. 그들은 방금 산짐승을 잡아먹고 배가 불러 기분 좋게 낮잠을 자고 있던 참이었다.

그런데 그들이 한참 달콤한 낮잠에 빠져 있을 때, 갑자기 거대한 소리와 함께 땅이 흔들리기 시작했다. 당황한 늑대들은 자리에서 일어나 주변을 두리번거렸다. 하지만 그 울림은 땅속 깊은 곳에서 올라오고 있었다.

지구의 심장에서부터 올라오는 듯한 그 울림이 점점 가까워지더니 늑대들의 발밑을 스치고 지나갔다. 그리고 마침내 청룡동굴 입구에서 거대한 물체가 튀어나왔다.

혼비백산한 늑대들이 달아났다. 나무 위에 앉아 있던 새들도 깜짝 놀라 날아올랐다. 그들 모두 오랫동안 다랑산에 살면서 그런 일은 처음이었던 것이다.

산짐승들을 놀라게 한 것은 물론 푸른달이었다. 용의 길고 거대한 몸은 동굴을 빠져나오는 데 한참 걸렸다. 마침내 동굴에서 용의 몸이 다 나오자 용은 날쌔지만 부드럽게 하늘을 한 바퀴 돌더니 저 멀리 지평선 끝을 향해 쏜살같이 날아갔다.

용은 날개도 없는데 하늘을 자유롭게 날아가고 있었다. 신령한 동물인 용만이 할 수 있는 일이었다. 용이 구름을 뚫고 지나가자 민혁과 여왕의 얼굴에 수증기가 달라붙었다. 민혁과 여왕은 푸른달의 양쪽 뿔을 하나씩 붙잡고 매달려 있었다.

거대한 용이 날아가자 땅에는 잠깐 긴 그림자가 드리워졌다. 지상에 있던 사람들은 하늘을 보고는 놀라 입을 다물지 못했다. 모두가 멸종한 줄로만 알았던 용이 삼천 년 만에 나타났으니 그럴 만도 했다.

용은 순식간에 서울에 도착했다. 푸른달은 높이 솟은 빌딩들 위를 스치듯이 날아갔다. 거대한 그림자가 도심을 뒤덮었다. 하늘이 갑자기 어두워지자 하늘을 올려다본 사람 모두 경악을 금치 못했다. 혼비백산하여 땅에 납작 엎드리는 사람도 있었다.

"저기예요!"

뿔을 붙잡고 있던 여왕이 아래를 가리키며 외쳤다. 저 아래에 궁전이 보였다.

푸른달은 광장을 지나 궁전 바로 위를 한 바퀴 빙그르르 돌더니 궁전 안의 정원에 내려앉았다. 용이 내려앉자 드넓은 정원이 가득 찼다.

정원에 있던 사람들은 당황해 제정신이 아니었다. 그중 군인 몇 명이 용을 향해 총을 쐈다. 하지만 총알은 용의 비늘에 맞고 가볍게 튕겨 나갔다.

정원에 앉은 푸른달은 똬리를 틀고 고개를 든 채 거대한 입을 벌리고 포효했다. 그러자 천지가 진동했다. 용의 머리 위에 있는 민혁과 여왕의 눈에 저 아래 궁전에 있던 사람들이 밖으로 몰려나왔다가 용을 보고 경악하는 모습이 보였다.

푸른달이 외쳤다.

"반란군은 들어라!"

그 목소리는 하늘이 고함을 지르는 듯했다. 지금까지 그 어떤 인간의 귀로도 들어보지 못한 분노와 위엄이 서린 그 목소리에 지상의 사람들은 몸을 떨었다.

"궁전에 있는 무도한 반란군은 어서 밖으로 나오거라!"

푸른달이 고함을 질렀다.

"국왕을 몰아내고 권력을 찬탈한 놈은 한 명도 빠짐없이 밖으로 나오거라! 그렇지 않으면 내가 너희 모두를 단숨에 쓸어버리겠다!"

그러자 잠시 후 궁전에서 사람들이 쏟아져 나왔다. 민혁과 여왕은 용의 뿔을 붙잡은 채 정원으로 사람들이 나오는 모습을 지켜봤다. 궁전의 직원들과 근위병들, 그리고 반란을 일으킨 군인들이

섞어 있었다. 그들은 입을 딱 벌린 채 거대한 용을 올려다보았다.

"한 놈도 빠짐없이 밖으로 나와라!"

푸른달이 다시 한번 외쳤다. 그러자 정원에 있던 사람들은 몸을 떨며 뒷걸음질 쳤다. 그중 몇몇은 서로 부딪히다 땅에 쓰러지기도 했다.

"모두 나왔는가?"

용이 물었지만 아무도 대답하지 않았다.

"반란을 주도한 자가 누구인가?"

용의 물음에 사람들은 덜덜 떨며 서로의 얼굴만 쳐다봤다.

"반란을 주도한 자를 물었다!"

푸른달이 고함을 지르자 사람들이 허둥지둥 뒤로 물러났다. 사람들이 서로 밀치며 움직이자 서너 명의 군인이 앞으로 밀려나왔다. 반란을 주도한 장군들이었다.

용이 그들을 내려다보며 준엄하게 물었다.

"네놈들이 감히 여왕 폐하를 몰아내고 정권을 잡는 극악무도한 짓을 했겠다, 그 죄를 어떻게 갚겠는가?"

그러자 장군들은 떨면서 고개를 들지 못했다. 그 모습을 보며 민혁은 새삼스럽게 용이라는 존재의 신령함을 실감했다.

푸른달이 말을 이었다.

"나는 오늘 여왕 폐하의 명령을 받고 왔노라. 너희의 임금은 보다시피 용을 부리는 신묘한 분이거늘, 너희는 어찌 그분의 능력을 몰라보고 감히 역모를 일으켰는가?"

그렇게 말한 뒤 푸른달은 머리를 아래로 낮췄다. 그러자 여왕과 민혁은 용의 뿔을 놓고 용의 머리를 타고 내려왔다.

정원에 발을 딛고 서자 민혁은 기분이 이상했다. 마치 오랫동안 배를 탔다가 육지에 내린 듯해 잠시 멀미가 나 휘청거렸다. 여왕의 표정을 보니 그녀도 마찬가지인 듯했지만, 여왕은 다행히 흔들리지 않고 꼿꼿이 서 있었다.

두 사람을 내려놓은 푸른달이 다시 고개를 들고 외쳤다.

"오늘 폐하께서는 역적을 소탕하러 오셨다! 너희는 모두 폐하 앞에 무릎을 꿇어라!"

그러자 누군가가 재빨리 외쳤다.

"여왕 폐하 만세!"

그러면서 그 사람은 땅에 엎드렸다. 비서실장이었다. 그러자 다른 사람들도 몸을 떨며 납작 엎드렸다. 반란을 주도한 장군들 역시 두려움에 일그러진 얼굴로 무릎을 꿇었다.

민혁은 여왕에게 시선을 돌렸다. 여왕은 굳은 얼굴로 자신에게 절하는 수많은 사람을 내려다보고 있었다. 민혁은 여왕이 지금 무슨 생각을 하는지 알 수 없었다. 그녀는 다시 권력을 얻었다는 만족을 느끼고 있을까? 아니면 한순간에 다시금 바뀐 자신의 처지에 씁쓸한 무상함을 느끼고 있을까?

하지만 이것 하나는 확실하다고 민혁은 생각했다. 여왕은 용과 계약을 맺고 스스로 왕위를 포기했지만, 그랬기 때문에 역설적으로 여왕은 그 어느 때보다도 강력한 왕이 된 것이다.

비서실장이 무릎을 꿇은 상태에서 다시 팔을 들고 외쳤다.

"여왕 폐하 만세!"

그러자 다른 사람들도 하나둘씩 외치기 시작했다.

"여왕 폐하 만세!"

곧 정원 안 모든 사람이 무릎을 꿇은 채 만세를 외쳤다. 용은 준엄한 얼굴로 그들을 내려다보았고, 여왕 역시 일국의 국왕만이 가질 수 있는 위엄으로 그들을 내려다보았다.

오직 민혁만이 여왕 옆에 어색하게 서 있을 뿐이었다. 그는 생각했다.

'휴, 이제 정말 다 끝난 건가.'

끝,

그리고

시작

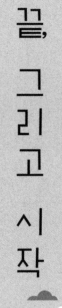

그렇게 해서 여왕 이린은 피 한 방울 흘리지 않고 다시 왕위를 되찾았다.

반란을 일으킨 군인들은 곧장 감옥으로 보내졌고, 정국은 빠르게 안정되었다. 용이 보여준 위엄과 공포에 짓눌린 사람들이 여왕의 명령에 고분고분 따랐던 것이다.

여왕이 며칠 만에 권력을 완전히 되찾고 반란군이 모두 수감되자 푸른달은 다시 동굴로 떠났다. 민혁은 그가 집에 있는 걸 정말 좋아하는 것 같다고 생각했다.

여왕이 반란으로 혼란스러워진 나라를 재정비하느라 정신없는 동안 민혁은 남은 여름 방학을 궁전에서 보냈다. 그에게 신경 쓰는 사람은 별로 없었기 때문에 그는 대부분의 시간을 궁전 여기저기를 돌아다니며 구경하는데 보냈다.

그 후 여왕은 곧바로 푸른달과의 약속을 이행했다. 국가 체제를 왕정에서 민주정으로 전환하겠다고 공식적으로 발표한 것이다.

여왕이 해당 내용을 직접 발표하는 영상이 모든 채널에서 생방송으로 송출되었다. 민혁은 궁전에 있는 자기 방의 TV로 여왕이 민주정을 선포하는 모습을 지켜봤다. 새로운 세상이 시작되는 순간이었다.

사랑하는 국민 여러분, 국왕 이린입니다.

저는 오늘, 우리나라에 중대하고 불가역적인 변화가 마침내 찾아왔음을 공표하기 위해 이 자리에 섰습니다.

오랜 옛날, 우리 선조들은 신령한 힘과 함께 외적을 물리치고 이 나라를 세웠습니다. 그로부터 지난 삼천 년 동안 우리 민족은 이 아름다운 나라를 지키고 번성시켰습니다. 저는 그 위대한 삼천 년의 자손으로서, 이제 이 나라의 왕위를 정당한 주인인 국민에게 바치겠다고 선언합니다.

지난 군사 반란을 겪으면서 저는 한 인간 혹은 특정 잡단이 점유한 국가 권력은 역사적 비극으로 이어진다는 필연을 깨달았습니다. 또한 처음부터 이 나라의 주인은 국민이었으며, 저는 단지 국민을 섬겨야 하는 한 인간에 불과하다는 사실도 깨달았습니다.

저는 왕으로 태어나 왕으로 살면서 저의 의무가 혼자서 이 세상을 짊어지는 것이라고 배웠습니다. 그것이 힘들 때도 많았지만 그것마저도 저의 숙명이라고 생각했습니다. 하지만 민주주의에 대한 국민들의 열망을 보면서, 저는 세상을 다스릴 힘과 책임은 바로 이 세상 자체에 있음을 비로소 알게 되었습니다.

어쩌면 민주주의도 완벽한 정치 체제가 아닐 수도 있습니다. 그것은 우리가 불완전한 인간이기 때문입니다. 하지만 동시에 우리는 윤리와 지성을 갖춘 존재이기도 합니다. 그래서 저는 한 사람이 아닌, 우리 모두의 손으로 평화롭고 아름다운 사회를 만들어 낼 수 있으리라 믿습니다.

이제 저는 왕의 길에서 벗어나 한 사람의 시민, 이린으로서 제가 개척해야 할 인생을 걸어가겠습니다. 비록 왕좌에서는 내려왔지만 저는 국민의 한 사람으로서 우리나라의 주인이라는 마음으로 자부심을 갖고 살아가겠습니다. 제가 걸어가는 길을 응원해 주시길 바랍니다.

저 역시 우리나라와 국민 여러분의 행복을 마음속 깊이 빌겠습니다.

감사합니다.

여름 방학이 끝날 무렵 민혁은 집으로 돌아왔다. 이제 다시 학교에 가야 했다. 개학하기 며칠 전, 누군가가 민혁의 집 현관문을 두드렸다. 예상하며 밖으로 나갔지만 그 사람의 얼굴을 다시 보게 되자 기분이 좋지 않았다.

"금은 마련했나?"

마녀가 물었다.

민혁은 말없이 현관 앞에 놓아둔 바퀴 달린 여행 가방을 가리켰다. 마녀가 가방을 열자 그 안에는 금괴가 가득 들어 있었다.

마녀는 금괴를 만져보더니 고개를 끄덕였다. 그러더니 일어나 갑자기 민혁의 팔을 잡았다.

"왜 그러세요?"

민혁이 놀라서 물었지만 마녀는 팔을 놓아주지 않았다. 민혁은 팔에 약간의 통증을 느끼고 얼굴을 찌푸렸다.

마녀가 손을 떼며 말했다.

"약속을 지켰으니 너에게 걸었던 마법을 풀었다."

"그럼 이제 완전히 끝난 거죠?"

"그래."

마녀는 그렇게 말하고는 여행 가방을 끌고 아파트 복도를 걸어가 엘리베이터 쪽으로 사라졌다.

마녀가 사라진 뒤에도 민혁은 잠시 복도에 선 채 팔을 잡고 생각에 잠겨 있었다. 그러다 그는 다시 현관문을 닫고 집 안으로 들어갔다.

꿈

개학하고 두 번째로 맞는 주말이었다.

민혁은 궁전 앞 광장을 걷고 있었다. 그는 광장을 곧장 가로질러 가 궁전의 대문에 도달했다. 대문 앞에 서 있던 근위병들은 민혁이 올 것을 미리 알고 있었기 때문에 그를 보자마자 문을 열어주었다.

민혁은 두 개의 문을 지나 정원 안으로 들어갔다. 정원에는 그가 보고 싶었던 사람과 용이 있었다.

린이 손을 흔들었다.

"민혁아!"

민혁은 웃으며 린에게 걸어갔다. 둘은 악수를 했다. 민혁이 개학한 후로 둘은 이번에 처음으로 만난 것이다.

"잘 지냈어?"

린이 물었다.

"그럼, 잘 지냈지. 개학도 해서 다시 학교에 다니고 있어. 너는 어때?"

"난 진짜 바빴어. 해야 할 일이 너무 많았거든. 하지만 이제는 더 이상 바쁘지 않을 거야."

린이 웃으면서 말했다.

민혁은 고개를 들고 푸른달에게 물었다.

"선생님은 그동안 잘 지내셨어요?"

"나야 늘 똑같지. 평화롭게 숨 쉬고 있단다."

푸른달이 미소를 지었다.

린이 말했다.

"선생님에게 지금까지 일어난 일을 모두 설명해 드리고 있었어. 오늘은 의회에 가서 왕위를 내려놓고 국가 정치 체제를 민주정으로 전환하겠다는 최종 문서에 서명하고 왔어. 이제 난 더 이상 여왕이 아니야."

"기분이 어때?"

민혁의 물음에 린은 어깨를 으쓱했다.

"글쎄, 좀 아쉽기도 하고 홀가분하기도 하네."

"정말 잘했어."

푸른달이 말했다.

"네가 아름다운 선택을 해서 정말 기쁘다. 네가 자랑스러워. 넌 아마 우리나라의 마지막 왕이자 가장 멋진 왕으로 남을 거야."

"멋지긴요."

린이 웃으며 말했다.

"어쩔 수 없이 울며 겨자 먹기로 선생님이랑 계약한 거잖아요."

"음, 사실 지금에야 말하는 거지만 난 그때 동굴 안에서 모험을 한 거란다."

"모험이요?"

민혁이 물었다.

"린이 나에게 학살을 막게 도와달라고 했을 때 말이야. 그때 난 린이 민주정을 선택하게끔 일부러 매몰차게 말했던 거야."

"맙소사."

린이 중얼거렸다.

"역시 그런 거였군요."

"그렇지. 난 네가 권력과 국민의 생명 중 무엇을 더 귀중하게 여기는지 확인하고 싶어서 그랬어."

"만약 그때 제가 그럼에도 민주정을 거절했으면 어떻게 하셨을 거예요?"

"그래서 모험을 한 거지. 하지만 난 네가 올바른 선택을 할 거라 믿었어. 네가 착한 아이 같았거든. 그리고 이렇게 약속을 잘 지켜줘서 정말 고마워."

"약속을 안 지키면 죽잖아요."

하지만 린은 그렇게 말하면서도 기분이 나빠 보이지는 않았다.

민혁이 물었다.

"그럼 넌 이제 왕이 아닌데 어떻게 할 거야? 그러니까, 앞으로 어떻게 살 생각이야?"

린은 생각에 잠긴 표정으로 말했다.

"한동안 그걸 좀 생각해 봐야겠어. 그래도 어느 정도는 정한 것 같아. 난 선생님이 되려고."

"선생님?"

"응. 내가 예전에 했던 말 기억 나?"

"아, 맞다. 넌 네가 왕으로 태어나지 않았다면 선생님을 했을 거라고 했지."

"맞아. 이제 새로 태어난 거나 마찬가지니까 이번에는 선생님을 해보려고. 근데 지금 뭔가를 시작하기에는 좀 늦은 걸까?"

"전혀 늦지 않았어."

푸른달이 말했다.

"얼마든지 다시 시작하면 돼. 너희 둘 다 너희가 원하는 인생을 살기에 전혀 늦지 않았단다."

"그렇게 말해 주셔서 감사합니다."

린의 말에 푸른달이 미소를 지었다.

"정말이야."

그러고는 푸른달은 민혁에게 시선을 돌렸다.

"그럼 민혁이 너는 어때?"

"저요?"

"그래, 넌 앞으로 어떻게 할지 생각해 봤니? 하고 싶은 일이나 되고 싶은 사람 말이야."

"음, 그러니까 저는……."

민혁은 잠시 망설이다가 대답했다.

"저도 꿈이 생겼어요."

"오, 진짜?"

린이 눈을 동그랗게 뜨며 물었다. 푸른달도 눈을 치켜떴다.

"어떤 꿈인데?"

"그러니까…… 전 용이 되고 싶어요."

"뭐라고?"

린이 황당하다는 표정으로 물었다. 푸른달 역시 마찬가지였다.

"무슨 뜻이니?"

"그러니까…… 저도 선생님처럼 지혜롭고 선한 존재가 되고 싶어요."

푸른달은 잠시 말없이 민혁을 응시했다. 그러더니 고개를 땅에 가까이 낮추고 민혁과 눈을 맞췄다. 민혁은 푸른달의 커다란 까만 눈동자에 비친 자기 모습을 바라보았다.

"난 그렇게 지혜롭지도, 선하지도 않아."

푸른달이 속삭이자 민혁은 고개를 저었다.

"선생님은 지혜로운 분이에요. 그리고 좋은 분이고요."

푸른달의 눈에 천천히 눈물이 고였다. 푸른달이 말했다.

"넌 나보다 더 지혜롭고 선한 사람이 되어야 해. 알겠지?"

그 말에 민혁 역시 눈물이 고였다. 민혁은 용에게 다가가 용의 얼굴을 감싸 안았다. 푸른달 역시 눈을 감고 민혁의 체온을 느꼈다.

이윽고 민혁이 자신을 놓아주자 용은 고개를 들고 말했다.

"그럼 이제 난 그만 집으로 돌아가야겠다. 바깥의 기후는 나에게 위험하거든. 너무 오래 있으면 건강에 안 좋아서 그만 돌아가야겠어. 오늘도 너희가 보고 싶어서 잠깐 나온 거야."

그렇게 말하며 용은 두 아이에게 미소를 던졌다.

"시간 날 때 가끔 놀러 오렴. 나도 가끔 찾아올게."

"그럴게요."

린이 대답했다.

"선생님, 고맙습니다."

린은 푸른달에게 고개 숙여 절했다. 푸른달의 눈에 다시 눈물이 고였다.

"나도 너희에게 고마워."

푸른달은 그렇게 말하며 민혁에게 윙크했다.

"너희가 좋은 세상에서 살아갔으면 좋겠구나. 그럼 다음에 다시 보자."

그리고 푸른달은 하늘을 향해 부드럽게 솟구쳤다. 민혁과 린은 용에게 손을 흔들었다.

푸르게 빛나는 용의 아름답고 긴 몸이 땅에서 완전히 벗어나 하늘로 올라갔다. 용의 푸른 비늘이 햇빛을 받아 반짝거렸다.

푸른달은 궁전 위를 한 바퀴 돈 다음 먼 하늘을 향해 헤엄치듯 날아갔다.

그 모습을 보며 민혁은 조용히 눈물을 닦았다. 반짝이는 용이 시야에서 완전히 사라질 때까지, 민혁과 이린은 푸르른 하늘을 올려다보았다.

🌱 초봄책방

'초봄'은 겨울이 끝나고 봄이 시작되는 시간입니다.
북풍한설의 틈을 비집어 조용하고 강한 온기로 새싹을 피우는 계절,
초봄책방은 사계절의 순환 속에서 **성장의 의미**를 생각합니다.

10대를 위한 문학 시리즈
초봄 청소년 문학

- 『푸른 용의 나라』 이희준 장편 소설, 2024년 6월 출간.
- 『(가제) 나 고등학교 안 갈 거야』 2024년 10월 출간 예정.
- 『(가제) 우리 아베 파락호 아닐진대』 2025년 3월 출간 예정.
- 『(가제) 조선의 로봇공학자 하백원』 2025년 7월 출간 예정.

10대를 위한 지식교양 시리즈
초봄 나리지(knowledge)

- 『(가제) 10대를 위한 암호 에피소드 20』 색다른 세계사 수업이 될, 암호를 통해 보는 역사와 전쟁 이야기.
- 『(가제) 10대를 위한 빅 히스토리』 기후 프레임을 통해 바라보는 세계사 이야기.
- 『(가제) 10대를 위한 NASA 에피소드』 NASA에서 이루어지는 모든 유별나고 흥미진진한 이야기.
- 『(가제) 10대를 위한 게임이론 에피소드』 게임이론을 만든 학자들이 들려주는 다양한 게임이론 이야기.

더 나은 내일을 꿈꾸는 이들을 위한 자기계발 시리즈
초봄 공부 에세이

- 『(가제) 손에 쉽게 잡히는 국악 이야기 40』 이동희(경인교대 국악과 교수)_우리 국악이 들려주는 흥미로운
  일화와 필수 교양 지식 이야기.
- 『(가제) 서양사와 함께 읽는 클래식 수업』 이인화(부안고 교장, 음악 교사)_그리스 로마 시대부터 현대에 이
  르기까지 생각과 생각이 연결되는 서양 음악사 이야기.
- 『(가제) 10대를 위한 월드컵 역사 이야기』 한지용(한국체대 학보사 편집장)_월드컵이 만들어진 사연부터 각
  대회의 역사적 배경, 최고의 스타 선수 이야기까지, 축구를 좋아하는 청소년 필독서.

*초봄책방의 여러 시리즈는 기획이 더 보강되어 계속 출간됩니다.

한국 문학의 극사실주의 스타일리스트,
전리오 작가의 신작 장편 소설!

할머니의 야구공

"그 야구공은 외할머니의 유품이었다."

할머니의 야구공에 담긴 젊은 날 그들의 순정한 사랑 이야기!
그녀와 그가 재회하지 못한 이유를 손녀 윤경이 하나씩 밝혀낼 때마다 마음이
먹먹해지는 소설로, 마지막 책장을 덮는 순간 그와 그녀의 순애보로 마음의 뒷면이
연하게 밝아올 것이다.

전리오 장편 소설 | 18,500원 | 2024.05.10.

"1958년의 늦여름에서 초가을로 넘어가던 어느 날, 그녀의 할머니는 영산상업고등학교의 운동장
에 홀로 서 있었을 것이다. 그날 외할머니가 왜 그곳에 있었던 것인지에 관해서는 이제 이 세상 그
누구도 정확한 사연을 알고 있는 사람은 없을 것이다. 그녀는 왠지 자신이 그 비밀을 풀어야 한다는
생각이 들었다."

〈스포츠춘추〉 박동희 야구 전문 기자 강력 추천!

If you hold it, she will come!

작가의 상상에서 시작한 이야기가 독자의 상상에서 끝나는 최고의 소설!
이 책을 쥐는 순간, 당신에게도 그녀와 그가 찾아올 것이다!

이 소설을 읽는 내내 영화 「꿈의 구장」이 생각났습니다. 주인공 레이는 어느 날 "그것(야구장)을 지으면,
그들이 올 것이다"라는 계시를 듣게 됩니다. 그래서 남들의 만류에도 옥수수밭을 갈아엎고 야구장을
만들지요. 그러자 정말 한 시대를 풍미했던 야구의 유령들이 레이의 야구장으로 찾아옵니다.
레이가 그랬듯 이 책 『할머니의 야구공』에서도 주인공이 할머니의 유품인 '야구공'을 손에 쥐자, 그녀와
그가 찾아옵니다. 주인공은 다큐멘터리 PD답게 그들의 발자취를 치밀하게 따라가지요. 바로 옆에서 이
과정을 낱낱이 지켜보는 듯한 섬세한 문장을 읽는 독자들 또한 숨을 멈추고 그녀와 그의 이야기에 집
중하게 되리라고 확신합니다.

초봄청소년문학 001

용 사냥꾼, 여왕, 그리고 민주주의

푸른 용의 나라

초판 1쇄 발행 2024년 6월 25일

지은이 이희준

총괄이사 김민호 | **기획위원** 조성일

디자인 이선영 | **표지&본문 일러스트** 1210목유

지류 다올페이퍼 | **인쇄−제본** 명지북프린팅

펴낸곳 초봄책방

출판등록 제2022−000040호

주소 경기도 파주시 가온로 205, 717−703

전화 070−8860−0824 | **팩스** 031−624−8894

이메일 chobombooks@hanmail.net

ⓒ 이희준, 2024

ISBN 979−11−985030−2−2   43810